한국 희곡 명작선 156

장미의 성

한국 희곡 명작선 156

장미의 성

차범석

평민사

장범석

장미의 성

등장인물

윤병희(40), 여류조각가
윤상애(18), 그녀의 딸, 여고 3학년
이 씨(58), 그녀의 시어머니
오영택(25), 상애의 가정교사. 영문학 전공하는 대학생
김한기(44), 미술평론가 겸 화상(畵商)
일순(17), 식모
기자
사진기자
청년, 윤병희의 남편. 회상장면에서 등장하며 대사는 없다.

때 : 현대 초여름부터 여름까지

곳 : 서울 교외에 있는 윤병희의 집

무대

서울 남쪽 관악산 기슭에 자리 잡은 윤병희의 집.
무대의 3분의 1은 아틀리에로 쓰이고 커튼을 경계로 해서 응접실 겸 서재로 쓰이는 방이 3분의 2의 넓이를 차지하고 있다.
집의 구조는 물론 벽에 걸린 그림이며 커튼 기타 자잘모름한(자잘한) 소품에 이르기까지 멋과 운치가 잘 조화되어 있다.
뿐만 아니라 이 집의 주인인 윤병희의 병적이리만큼 깔끔하고 세밀한 손질이 구석구석까지 잘 가 있다는 인상이다.
아틀리에에는 추상파에 속하는 크고 작은 조각이며 그림이 여기저기 놓여 있고 그밖에 화구며 조각에 쓰이는 연장들이 잘 정돈되어 있다.
그 가운데 하얀 광목을 씌워놓은 조각이 유난히 눈에 띈다. 천장과 창에는 차일 구실을 하는 커튼이 드리워 있어 아틀리에에는 음산한 기운이 가득 차 있다.
여기에 비해서 응접실은 사방으로 이중창이 있어 밝고 맑은 외계의 풍경이 그대로 시야에 들어온다.
무대 후면으로 장미원의 일부와 산줄기가 보인다.
정면 벽에 두 개의 출입문이 있다.
하나는 식당과 안채로 통하고 다른 하나는 뒤뜰로 통한다.
좌편 벽에 있는 문은 현관으로 통한다.

제1막

무대

막이 오르면 초여름의 화사한 햇살이 눈부시게 응접실 안으로 흘러들고 있다. 이름 모를 새들의 우짖는 소리는 마치 시골 별장에 온 것 같은 기분이다.

이따금 두어 마리의 새가 짖어대는 소리에 섞이어 윤병희의 웃음소리가 흘러나온다. 그것은 주인과 개가 서로 장난을 하는 것 같은 인상이다.

기자가 소파에 앉아서 담배를 꺼내어 불을 붙이고는 방 안을 휘돌아본다.

그동안 사진기자는 뒤뜰 쪽 유리창 너머로 카메라를 내밀고 열심히 핀트를 맞추고 있다.

바른쪽 도어가 열리고 일순이가 쟁반을 들고 들어선다. 두 개의 큰 컵엔 분홍빛 딸기 주스가 담겨 있다.

일순은 기자와 시선이 마주치자 자기도 모르게 얼굴이 붉어지며 조심스럽게 탁자 위에다가 주스 컵을 놓는다. 촌티가 아직도 가시지 않은 것은 이 집 사람이 그만큼 평소에 사람을 대한 경험이 없다는 증거이기도 하다.

일순 (수줍어하는 눈치를 보이며) 곧 나오신다고… 조금만 기다리시래요. 기자 잡지사에서 왔다고 말했어?

일순 네-.

기자 손님이 오셨나?

일순 아니에요, 저….

이때 다시 개 짖는 소리가 들려온다. 한 마리가 아닌 두 마리의 개가 짖는 소리다.

일순 (그 소리가 나는 쪽을 힐끗 돌아보며) 목욕을 시키고 계세요, 존하고 챠아리에게….

기자 (의아하게) 존하고 챠아리? 그게 누군데? 친척 아들인가?

일순 어머! (하다 말고 웃음을 못 참겠다는 듯 손등으로 입을 가리며 킥킥거린다)

기자 아니 뭐가 우습지?

일순 (간신히 웃음을 참으며) 친척이 어디 있어요! 이 집 식구라곤 노할머니, 주인아줌마, 그리고 상애 언니… 나 이렇게 단 네 식구뿐이에요. 가정교사는 저녁때만 다녀가시지만….

기자 그렇지만 지금 목욕을 시키고 계신다 했잖아?

일순 (히죽거리며) 누가 사람 목욕을 시킨다고 했나요?

기자 (의아한 표정으로) 뭐라구? 사람이 아니라니….

일순 개예요.

기자 개?

일순 존도 챠아리도 이렇게 큰 수캐예요. (하며 두 팔을 크게 벌려서 개의 몸집을 가리킨다)

기자 (자기도 모르게 쓴 웃음을 지으며) 개 이름이었군! 난 또….

하며 딸기 주스를 마신다. 카메라를 만지고 섰던 사진기자가 돌아서며 가까이 온다.

사진기자 김형 어떻게 된 거요? (손목시계를 보며) 시간이 너무 늦잖아… 총무과에는 자동차를 네 시까지 보내주겠다고 했는데…. (하며 소파에 앉는다)

기자 (반농담조로) 윤병희 선생께서는 목하 목욕 중이시라오! (하며 딸기주스를 마신다)

사진기자 대낮에 무슨 목욕이람! (일순에게) 아가씨! 우린 바쁜 사람이니 빨리 좀 나와주십사 하고 말씀드려요.

일순 곧 나오신대두요.

기자 개 목욕쯤은 아랫사람에게 시켜도 무방할 텐데.

일순 큰일 날 소릴 하시네요.

두 사람은 일순의 긴장된 표정에 압도당한 것처럼 동시에 쳐다본다.

일순 (비밀 얘기라도 하려는 듯) 우리 주인 아주머니께서는요 죤하고 챠아리 목욕만은 절대로 남에게 안 맡기신답니다.

기자 그래?

일순 그리고 (뒤쪽을 가리키며) 장미밭에 들어가거나 꽃을 꺾는 날엔 큰 벼락이 떨어지고요.

사진기자 (딸기주스를 마시고 나서) 하긴 저렇게 알뜰하게 가꾸어진 화원이고 보면 그 누구도 못 들어가게 막고 싶을 거야. 이건 화원이 아니라 하나의 성이지 장미의 성!

기자 장미의 성? (씽긋 웃으며) 이 형도 알고 보니 시인다운 센스를 지녔군 그래! 헛허… (다시 딸기 주스를 마시고 나서) 장미의 성이라….

사진기자 (약간 우쭐해지며) 어떻소? 그럴 듯하잖소? 이번 가정 인터뷰 기사의 타이틀은 장미의 성이라고 뽑아보시지! 헛허….

기자 (탄복한 듯) 좋았어! 장미의 성!

사진기자 그 대신 아이디어 값은 톡톡히 치러야지 김 형!

기자 편집장에게 얘기해서 아예 이 기회에 편집부로 옮기시지! 헛허….

사진기자 헛허….

두 사람이 유쾌하게 웃고 있을 때 도어가 열리며 윤병희가 들어선다.

검정 슬랙스와 검정 반소매 스웨터 위에 낙타 빛 하프코트가 차분한 분위기를 빚어내게 한다. 그리고 테가 굵은 안경을 이마에다가 쓴 채로인 그녀의 인상은 이지적이면서도 어딘가 사람을 경계하는 듯 그늘이 깊어 보인다. 겉으로는 조용해 보이나 밑바닥엔 거친 물줄기가 흘러 내리는 것 같아 상대편을 당황케 만드는 타입의 여성이다. 젖은 손을 수건으로 씻는다.

병희 (무표정하게) 기다리시게 해서….

두 사람의 기자는 반사적으로 의자에서 일어나서 반쯤 허리를 굽힌다.

병희 (일순에게) 일순아! 죤하고 챠아리는 마른 수건으로 잘 씻어 준 다음 손질을 해줘….

일순 (주눅이 들린 사람처럼) 네.

병희 머리부터 차례로 빗어야 한다. 냉장고에 우유가 남아 있으니 그걸 마시게 하면 얌전히 있을 거야. 알겠지?

일순 네.

병희 할머니는 어디 가셨니?

일순 장미밭에 거름을 주시나 봐요.

병희 알았어! 어서 들어가 봐!

일순이가 손님들의 눈치를 살피면서 총총히 퇴장한다.

병희는 두 사람에게 의자에 앉으라고 손을 내밀고 권하면서 자신도 소파에 앉는다. 그녀는 반가운 낯으로 손님을 대한다느니 보다는 오히려 마지못해 사람을 대하는 듯한 표정이다.

기자 바쁘신 시간에 이렇게 찾아와서….

병희 (포켓에서 명함을 꺼낸 다음 이마에 건 안경을 고쳐 쓰고 읽으며) 잡지사에서 나오셨다고요?

기자 예, 실은 다음 호에 실릴 가정 인터뷰 기사를 취재하고 싶어서요.

병희 (안경을 벗어 손가락 사이에 끼며) 저는 원래가 그런 데는 취미가 없어요.

기자 예?

병희 신문이라든가 잡지 따위에 제 얘기가 오르내리는 거 생리에 안 맞아요.

기자 (비굴할 정도로 밝은 웃음을 뱉으며) 잘 알고 있습니다. 윤 선생님께서는 외부세계와의 접촉을 싫어하시기 때문에 이렇게 시내에서 멀찍이 떨어진 곳에서 고고하게 지내신다는…. (하며 슬그머니 수첩을 꺼낸다)

병희 고고해서가 아니라 겁이 많아서예요. (쓰게 웃으며) 저는 사람이 무서워서 사람들이 많이 모인 곳에는 아예 나가고 싶지도 않아요.

기자 그게 예술가적 기질이라는 게 아닐까요?

병희 글쎄요! 어떻든 그런 용건이라면 저는 사양하겠습니다.

하며 손끝에 들었던 명함을 탁자 위에 놓는다. 마치 받았던 물건을 되돌리려는 것 같은 동작이다.

기자 (무안을 당한 사람처럼 얼굴이 붉어지며) 그렇지만 이건 단순한

방문기가 아니라… 말하자면 독자에게 선생님의 예술과 또 현대조각에 대한 이해를 돕는데 그 목적이 있으니까요.

병희 (교만한 미소가 입가에서 이지러지며) 현대조각에 대한 이해가 그렇게 쉬운가요?

기자 (기회를 안 놓치겠다고 바짝 다가앉으며) 그러니까 이런 기회에 선생님께서 좋은 말씀을 해주셔야죠. 더구나 선생님의 작품이 지난번 로스앤젤레스에서 열린 국제미술전에서 입선까지 하셨으니 겸사겸사로 시기를 얻었다고 보는데요….

병희 (차가운 눈으로 바라보며) 그럼 사생활에 관해서는 묻지 않는다는 조건부라면….

기자 예? (어리둥절한 눈으로 바라본다)

병희 조각에 관한 얘기만 묻는다는 조건이라면 인터뷰에 응하겠어요. 그 대신 사생활에 관해서는 묻지 말아주세요.

기자 (농담 삼아서) 그렇다고 신원조사를 하자는 건 아니니까 염려마세요.

병희 매스컴은 남의 일에 대해서 전기청소기 같아서 싫어요.

기자 전기청소기?

병희 모조리 빨아들이니 말이에요.

기자 헛허… 아주 철저한 쇄국정책이시군요.

병희 (쓰게 웃으며) 그것만이 내게 주어진 권리이자 무기라고나 할까요?

기자 (수첩을 펴고 몇 자 적으며) 국제미술전에 출품하셨던 작품 제목이 뭐였죠?

병희 〈능욕〉!

기자 (어리둥절해서) 〈능욕〉? 〈능욕〉이라니… 말하자면 남자가 여자를… 범한다는 그런 뜻 말씀인가요?

병희 반드시 남자가 여자를 어떻게 하는 것만도 아니지요. (담담하게) 여자가 남자를… 그리고 때에 따라서는 동성끼리도 서로 해치고 범할 수도 있으니까요.

기자 (약간 납득이 간다는 듯 볼펜 끝으로 콧등을 긁으며) 그러니까 단적으로 말해서 섹스 말씀인가요?

병희 순수한 에로티시즘이죠. 그 에로티시즘을 메타피지컬한 유머로서 표현하고 싶어요.

기자 (빙그레 웃으며) 윤병희 선생께서 그런 제목의 조각을 제작하셨다니 납득이 잘 안 가는데요.

병희 제가 여자라는 이유 때문인가요?

기자 물론 그것도 있지만 제가 알기엔 윤 선생께서는 (상대방의 눈치를 살피며) 외계와의 접촉, 특히 남성과의 교제에 대해서는 청교도적인 결백성 내지는 편협성까지 지니고 계시다는 중평이던데….

병희 (어깨를 움츠리고) 글쎄요….

기자 17년 동안 독신으로 지내오실 만큼….

병희 (날카롭게 쏘아보며) 약속이 틀린데요. 아까는 분명히 사생활에 대해서는 안 묻기로 했었지요?

기자 (허점을 찔린 듯) 이거… 죄송합니다. 헛허… (메모를 하며) 그럼 그 〈능욕〉이라는 작품에 대해서 좀 더 구체적으로 말씀해 주시겠습니까?

병희 네… 그럼 먼저 그 작품을 보시고 나서…. (소파에서 일어선다)

기자 그거 좋습니다. 보여주실 수 있으시다면… (따라 일어서며 사진기자에게) 이왕이면 그 작품과 함께 한 장 찍지!

사진기자 그렇게 합시다.

사진기자는 권태로운 상태에서 해방이라도 된 듯 기지개를 켜고는 카메라를 들여다보며 아틀리에 쪽으로 옮겨 간다.
이 사이에 병희는 칸막이가 되는 커튼을 홱 열어제치고 천장에 친 커튼도 잡아당기자 부채살 같은 햇살이 아틀리에를 향해 눈부시게 쏟아진다.
그녀는 흰 광목이 씌워진 자기 키보다 약간 높아 보이는 작품을 가리킨다.

병희 이거예요.

기자 (호기심에 싸이며) 보여주십시오.

병희가 흰 광목을 제치자 두 개의 커다란 알루미늄 관이 나무토막으로 연결된 형태의 조각이 광선을 반사하며 한층 괴이한 느낌을 준다.
의외의 작품에 압도당한 듯 두 사람의 기자는 잠시 동안 어안이 벙벙해서 조각과 윤병희를 번갈아가면서 바라본다.

윤병희는 새삼스러운 감회에 잠기면서 자신의 작품을 안경 너머로 바라본다.

기자 (어처구니가 없다는 듯) 이게… 〈능욕〉이라는 작품인가요?

병희 그래요.

기자 무슨 뜻인가요? 〈능욕〉이…?

사진기자 괴상한 조각이로군요?

병희 (빙그레 웃으며) 글쎄요….

기자 저희들이 알기엔 조각이라고 하면 석고나 대리석을 재료로 해서 만든 줄 알았는데요. 이건… 알루미늄에다 나무토막이 아닙니까?

병희 그게 현대조각의 특징이라고나 할까요? 다시 말해서 오늘날 조각이라는 말은 넓게 건축까지도 포함한 조형이라는 말로 대치되고 있어요. 돌이나 석고를 재료로 해서 인체상에 담겨진 공간만을 찾는 게 조각이라는 생각은 이미 낡았어요. 우리는 자연을 그대로 묘사하거나 모조하는 게 아니라 과실이 나뭇가지에 열리듯 우리도 자꾸만 넓은 공간 속에다가 새로운 과실이 열리게 하고 싶어요. 그러니까 평면으로는 표현할 수 없는 공간을 이 조각으로 표현해야겠다는 저항이 있을 뿐이에요. 쇠붙이건 나무토막이건 시멘트건 무엇이든 써서….

이렇게 열심히 얘기하는 동안 사진기자는 적당한 거리에서 두서

너 번 플래시를 터뜨리며 사진을 찍는다.

기자 (열심히 기록하다가 자신의 이해력을 못 믿겠는지 어색하게 웃으며) 그런데 왜 하필이면 작품 제목이 〈능욕〉입니까? 그로테스크한데요.

병희 그로테스크하다고요? 저는 도리어 자연스럽다고 보는데요.

기자 말하자면 이 두 개의 알루미늄 판이 남자와 여자란 뜻인가요? (하며 조각을 매만진다)

병희 좋도록 생각하세요. (하며 의자에 걸터앉는다)

기자 이 작품을 제작하게 된 모티브랄까 그런 점에 대해서 설명해 주시겠습니까? (작품을 고쳐 보며) 우리 같은 사람에게는 도무지….

병희 외국에 가보면 이보다 더 진보적인 작품도 많아요.

기자 이건 전혀 독창적인 구상입니까?

병희 그렇다고는 볼 수 없어요. 언젠가 피카소의 소품에 〈능욕〉이라는 작품이 있어요. 그걸 보았을 때 뭔가 뇌리에 스쳐가는 게 있었어요.

기자 피카소의 〈능욕〉이라…. (메모한다)

병희 그 그림은 강인한 육체를 가진 남자와 한 여자의 벌거벗은 모습을 그린 그림인데 여자는 처절한 절규와 몸부림으로 남자에게 저항하고 방어하는 포즈를 취하고 있거든요. 그런데 이미 남자의 한 다리는 여자의 두 다리 사이에 버티고 있지 뭐예요. 다시 말해서 상반신의 반항에 비해 하반신은 이미 남성을 허용하지 않으면 안 되는….

기자 (입가에 호색적인 웃음을 띄우며) 드라마틱한 그림이군요 흐흐….

병희 그렇지만 나는 그 그림에서 음탕하다거나 추악하다는 인상을 받지는 않았어요. 실오라기 하나 걸치지 않은 두 사람의 육체에서 강인한 힘이라고나 할까, 아니 능욕 당하는 굴욕보다는 굴욕시키는 승리 같은….

기자 (병희의 설명에 매혹되며) 알고 보니 윤 선생님은 이성으로서 굉장한 자부심을 가지셨군요.

병희 그래요! 적어도 남성에 대한 나의 태도는 우월하다고 봐요! 그래서 나는 이 조각을 통해서 피카소가 미처 나타내지 못하는 두 개의 힘의 조화를 표현하고 싶었지요.

기자 (다시 메모하며) 실례지만 따님이 계시다고 들었는데?

병희 네… 지금 여학교 3학년이에요.

기자 그러니까 댁에는 남자 식구는 안 계시는 셈인가요?

병희 (의자에서 일어나며) 그렇다고 적적하거나 불안을 느끼는 적은 없어요. (창가로 가며) 저 장미밭에 서서 아침저녁으로 관악산을 바라보고 있노라면….

기자 말하자면 장미의 성 안에 하나의 왕국을 세우신 셈인가요?

병희 왕국? (장난꾸러기처럼 고개를 이리저리 갸웃거리며) 아니죠. 나는 어느 섬에 표류해 왔다고나 해 두지요. 도시문명에서는 이 표류도까지….

이때 응접실에 있는 뒤뜰 쪽 도어를 열고 병희의 시어머니 이 씨가 등장.
나이에 비해서는 건장하고 깔끔하게 차렸다. 그녀의 손에 한 아름의 장미가 들려 있다. 엘리자베스, 피이스, 알렉산드리아… 빨갛고, 희고, 노란색이 눈부시다.
그녀는 방 한구석에 있는 꽃병에다가 장미다발을 아무렇게나 꽂아 넣고는 길게 한숨을 내쉰다. 아틀리에 쪽에서 인기척이 나자 힐끗 쳐다보고 안채로 통하는 도어 쪽으로 간다. 뭔가 못마땅한 표정이다.
이때 현관 쪽에서 초인종을 대신하는 오르골이 울린다. 둔탁하나 평화롭고 잔잔한 멜로디가 한결 듣는 사람의 마음을 차분하게 해준다. 도어를 열려다 말고 이 씨가 현관 쪽으로 퇴장한다.
병희가 응접실 쪽으로 걸어 나오자 기자는 수첩에다가 열심히 메모를 하며 따라 나온다.
사진기자가 〈능욕〉이라는 조각을 마지막으로 촬영하고는 카메라를 챙기며 나온다.
병희는 자신의 세계를 되찾으려는 사람마냥 소파에 깊숙이 앉아 머리를 소파 등받이에 눕히듯 기댄다.

기자 (집요하게) 표류도라니… 말하자면 일종의 현실도피를 뜻하는 말인가요?

병희 도피가 아니라 방어라고 해두죠.

기자 무엇을 방어합니까?

병희 추한 것들….

기자 구체적으로 말씀해 주실까요?

병희 (그녀는 잠시 기자의 눈을 뚫어지라고 바라본다. 기자는 약간 어리둥절하며 그녀의 시선을 피하려는 듯 외면한다)

기자 사회악이라든가 아니면 권력의….

병희 (차게 웃으며) 난 예술가의 사회참여를 절규할 만큼 순진하지는 않으니까요.

기자 (더욱 흥미를 느끼며) 그렇다면 선생님께서 방어하시려는 그 대상이 어딘가는 있을 게 아닙니까?

병희 있지요….

기자 네?

병희는 자리에서 불쑥 일어서서 무대 정면으로 나선다. 그녀의 두 눈에는 증오도, 경멸도 아닌 복잡한 빛이 떠돈다.

그녀의 긴장된 표현에 불안을 느끼는 듯 기자가 시선을 모은다.

병희 (담담하려고 애쓴다) 남자예요… 나는 남자라는 이름의 동물을 방어하는 거예요.

기자 (자신도 모르게 표정이 밝아지며) 그렇다면 왜. (아틀리에 쪽을 돌아보며) 저와 같은 작품을 창작하셨지요?

병희 네?

기자 (고개를 갸웃거리며) 남성을 증오하고 적대하시는 선생께서 〈능욕〉이라는 조각을 제작하셨다면 그건 일종의 자기모

순이 아닙니까?

병희 (빙그레 웃으며) 그럴까요? 어떻든 그 정도로만 알아두시면 되겠지요.

기자 (아쉬움을 나타내며) 가장 중요한 시기에 언급을 회피하시다니 잔인하시군요. 몇 마디만 더….

병희 어차피 인생은 잔인하게 살아가기 마련인걸요. 지금 우리 주변에 잔인하지 않은 게 있을까요? 정치도 사상도 사업도 그리고 사랑한다는 것도 결국은 수단과 방법을 가리지 않은 잔인성으로 가득 차 있는 게 현대라고 보는데요.

이때 상애가 재잘거리며 현관 쪽에서 들어선다. 그 뒤에 이 씨가 따른다. 예쁘고 깜찍스러운 교복차림의 딸을 보자 병희는 금시 표정이 밝아온다.

병희 상애야! 오늘은 왜 이렇게 일찍 들어오지?

상애 (책가방을 소파에다 내던지며) 농구 시합 응원을 간다기에 나는 빠져나왔어. (기자들을 힐끗 보며) 손님?

병희 응, 잡지사에서 나오셨단다.

기자 (명랑하게) 따님이신가요?

병희 네… (그리고 저만치 서 있는 이 씨를 보자 머뭇거리며) 우리… 어머니셔요.

이 씨는 불쾌한 낯으로 외면한다.

상애 엄마 그러고 보니 우리 식구가 다 모인 셈이네요.

병희 정말.

기자 (사진기자에게) 필름 여유가 있으면 가족사진을 찍을까?

사진기자 (사무적으로) 좋도록 합시다. (하며 금시 카메라의 핀트를 맞춘다)

상애 (장난꾸러기처럼 턱 밑으로 기자를 치켜보며) 정말이세요?

기자 저명하신 조각가 윤병희 선생 댁에 온 기념으로 찍어드리죠. 헛허….

상애 (금방 손뼉이라도 칠 듯 두 손을 가슴에 모아 쥐며) 고맙습니다. (어머니에게 매달리듯) 엄마! 어디서 찍지? 여기보다 밖으로 나가는 게 좋지 응?

사진기자 이왕이면 다홍치마라니 저 장미밭에서 찍으실까요.

상애 정말 그게 좋겠어요! 우리 엄마가 얼마나 소중히 가꾸어 놓은 장미밭인가를 알릴 겸…

병희 원 애도! 그걸 알리면 무슨 소용이냐?

상애 충분한 가치가 있지요. 꽃 종류만도 70종에다가 무려 2백 그루나 되요.

기자 (탄복하며) 굉장한 장미밭이시군요. 그럼 나가실까요. 기념사진이니까.

병희 (마지못해서) 네! (이 씨를 보며) 어머니도 가시죠.

이씨 (냉담하게) 난 그만 두겠다! 어서 너희들이나 찍어라. (하며 기자들이 마시다 남긴 주스 그릇을 챙긴다)

상애 할머니도… 잠깐 같이 나가서 사진 찍는 게 어때서 그래요! 우리 식구가 이렇게 사진 찍은 적도 없었잖아요. 네?

(하며 이 씨의 손목을 잡아 이끈다)

병희 어머니! 그렇게 하세요.

이씨 (노골적으로 반발하며) 싫대도 그러는구나! 내 걱정일랑 말고 어서 찍어요! (하며 두 개의 주스 그릇을 들고 좌편 도어 쪽으로 퇴장한다. 윤병희의 표정은 뭔가 이기지 못하는 고민으로 찌푸려진다. 그러나 상애는 이 씨의 뒷모습을 향해 혀를 날름거리고는 아무 일도 없었다는 듯 명랑한 표정이다)

상애 엄마! 우리 둘이서 찍어요. 할머니의 고집불통은 세상이 다 아는 걸.

병희 응… 그럼 뒤뜰로 나가실까요?

병희가 두 기자에게 도어를 열고 인도를 한다.
네 사람이 장미원 쪽으로 나가자 일순이가 부엌 쪽에서 등장한다.
방안에 아무도 없는 것을 발견하자 의아한 표정이다.

일순 아니 어디들 나가셨을까?

하며 현관 쪽 도어를 열어 보고는 되돌아온다.
이때 뒤뜰에서 웃음소리가 카랑카랑하게 들려온다. 그중에서도 상애의 목소리가 가장 높고 명랑하게 들린다. 그러나 텅 빈 집안에 울려퍼지는 웃음소리가 도리어 적막감을 더 짙게 안겨 준다. 일순이 창 너머로 사진을 찍는 광경을 내다보고 킬킬거린다.

일순 (혼자 소리로) 사진을 찍으시나봐… 홋호… 정말 예쁘시네… 홋호….

이때 부엌 쪽에서 이 씨가 들어서다 말고 혼자서 킬킬거리는 일순이를 못마땅하게 쏘아 본다.

이씨 뭘 혼자서 중얼거리고 있니? 미친 사람도 아닌데….

일순 (한번 돌아보고는 다시 뒤뜰을 보며) 저것 좀 보세요! 상애 학생도 예쁘지만… 아줌마가 얼마나 고우셔요! 장미꽃보다 더 곱군요.

그러나 이 씨는 길게 한숨을 내뱉으며 우두커니 소파에 걸터앉는다. 뭔가 가슴 속 깊이 도사리고 있는 고민을 다 쏟아버리지 못하는 사람마냥 안타까운 표정이다.

일순 (넌지시) 같이 찍으시지 왜 안 나가셨어요?

이씨 (불평을 내뱉듯) 내가 뭣 때문에 그 사이에 끼니 끼긴….

일순 (창밖으로부터 시선을 돌리며) 나도 저렇게 장미밭에서 사진 좀 찍어 봤으면 좋겠어요. 추석 땐 고향에 내려가서 부모님한테 보여드리면서 자랑을 한바탕 늘어놓게요.

이씨 (한숨을 뱉으며) 너는 사진을 찍어서 보낼 사람이라도 있으니 좋겠지만….

일순 (무슨 뜻인지 못 알아듣겠다는 듯) 할머닌 없으시나요?

이씨　네가 뭘 안다고 그러니? 어서 들어가서 일이나 해라.

일순　알았어요.

하며 부엌 쪽으로 나가려 할 때 현관 쪽에서 초인종이 울린다.

일순　오늘은 웬 손님이 이렇게 들이닥치는지 모르겠어!

하며 급히 뛰어 나간다. 이 씨는 멍하니 서 있다가 뒤뜰에서 들려오는 명랑한 웃음소리에 일종의 혐오를 느끼는 사람마냥 미간을 찌푸린다. 그리고는 창가로 가서 잠시 밖을 내다보더니 무슨 생각이라도 난 듯 급히 부엌 쪽으로 퇴장한다.

잠시 후 일순의 안내를 받고 김한기가 들어온다. 위아래 콤비네이션에 T셔츠 차림의 경쾌한 차림이다. 따라서 나이에 비해서 젊고 화사하게 보이는 중년 신사이다.

일순　잠깐만 기다리세요. 주인아줌마께선 지금 뒤뜰에 계시니까 제가….

한기　(점잖게) 바쁜 일로 온 건 아니니까 손님이 가신 다음에 말씀드려요.

일순　네, 네.

일순이가 뒤뜰로 나가다 말고는 되돌아온다.

일순　아줌마께서 일루 오시네요.

하며 나간다.

한기　(파이프에 담배를 차곡차곡 재이며) 손님께서 벌써들 가셨나?

이때 무대 뒤에서 상애가 안녕히 가라고 작별인사를 하는 소리며 이에 응답하는 기자들의 목소리가 들린다.
개가 요란스럽게 짖어대자 병희가 말리는 소리도 들린다. 파이프에 불을 붙이는 김한기는 문득 생각이 난 듯 아틀리에 쪽으로 가서 〈능욕〉을 유심히 바라본다. 그리고는 어떤 신비스런 상념에 잠긴 사람마냥 눈을 가늘게 뜨고 담배연기를 한가롭게 내뱉고 있다.
이윽고 지프차가 떠나가는 소리.
이때 뒤뜰 쪽에서 병희와 상애가 들어선다. 김한기를 발견한 병희의 표정은 퍽이나 당황한 빛을 보인다.

한기　주인이 안 계신 방에 와서…. (하며 고개를 숙인다)
상애　안녕하세요, 김 선생님!
한기　오… 우리 상애 양 얼굴 보기가 얼마만이지? 지난 겨울 스케이트장에서 보고는….
상애　어머… 건망증도 심하시지! 엄마 작품의 입선 축하 파티가 있었을 때도 뵈었는데! 홋호….
한기　(과장해서 이마를 탁 치며) 오! 내 정신 좀! 헛허… 요즘은 이렇게 건망증이 있어서 탈이라니까!

상애 건망증에 특효약이 있다던데 가르쳐 드릴까요?

한기 특효약?

상애 (서슴지 않고) 사랑을 하면 좋대요!

한기 뭐, 사랑? 헛허… 윤 여사! 따님의 얘기를 들으셨소? 헛허….

병희 (눈을 흘기며) 상애야! 그게 무슨 말버릇이냐?

상애 정말이에요. 사랑을 하면 상대편의 눈썹이 몇 개인가도 헤아리게 된다나요. 그러니까….

한기 헛허… 이건 정말 못 당하겠는데요.

상애 김 선생님도 언제까지나 독신주의를 고집하실 작정이세요?

한기 아니 내가 언제 고집을 했나?

상애 그럼 왜 결혼을 안 하세요?

한기 나 같은 사람을 누가 받아들이지 않으니까 그렇지!

상애 어머! 외국인 상대로 한국 그림을 매매하신다면서 돈도 많으실 텐데요 홋호….

한기 이건 계속 강타로 나오시는군! 헛허….

하며 두 손을 번쩍 들어 항복하는 자세를 지어 보인다.

병희 상애야! 그만 들어가 봐! 오 선생님 오실 시간도 되었다.

상애 네, 네. 흠… 김 선생님 우리 엄마하고 재미나는 얘기랑 많이 하시고 저녁도 잡숫고 가셔요. 네?

한기 감사합니다. 영광으로 여기겠습니다.

하며 항용 외국 신사가 숙녀에게 대하는 포즈로 인사를 한다. 상애가 춤을 추듯 부엌 쪽으로 나간다.

두 사람 사이에 이상한 침묵이 흐른다. 병희가 아틀리에 쪽으로 가서 스케치북을 펴들고 책상 앞에 앉는다. 새로 시작된 작품의 스케치를 손질할 속셈이다. 그러나 그녀의 관심은 도리어 심한기에게서 무슨 말이 터져 나올 것인가에 대해서 온갖 신경을 기울이고 있는 눈치이다.

김한기가 서서히 다가온다.

병희 (그림을 그리면서 담담하게) 웬일이세요! 우리 집엔 오시지 말라고 했잖아요.

한기 실은 할 얘기가 있어서….

병희 (여전히 쌀쌀한 어조로) 얘기 같으면 진작 끝난 줄로 알고 있는데요. 저는 분명히 말씀드렸을 텐데요. (연필을 열심히 움직이며) 저의 현재 심정이나 그리고 김 선생님에 대한….

한기 그 얘기를 하려고 찾아온 건 아니요.

병희 (비로소 고개를 들고, 낮으나 또렷하게) 그럼 또 무슨 얘기를 하시겠다는 거예요? 김 선생님, 우리 어머니께선 남자 손님이 찾아오는 걸 싫어하셔요. 그걸 잘 아시면서 어째서 자꾸만 오세요? 제발 저를 이상 더 괴롭히지 말아주세요. 우리 상애하고 농을 하시는 것도 좋지만 전 견딜 수가 없어요! 그러니….

한기　(유들유들하게 웃으며 병희가 앉아 있는 자리를 중심 삼아서 한 바퀴 돈 다음 제자리에 버티어 서며) 그러니 나와의 결혼은 거절하겠다는 표시는 충분히 알고 있지요.

병희　그렇다면 왜!

한기　오늘은 그 얘기가 아니라니까요.

병희　예?

한기　(서서히 발길을 돌리며) 놀랄만한 소식을 가지고 왔지요!

놀랄만한 소식이라는 말에 병희의 안면 근육이 경련을 일으킨다. 그리고는 시선을 꽂는다.

한기　(상대편의 의사를 떠보려는 듯) 배영도 형에 관한 얘긴데….

병희　(눈에 날카로운 빛이 움직인다)

한기　미국에서 만났다는 사람이 있더군요.

병희　미국에서?

한기　(태연하게) 우리나라 관광차 온 미국 사람이에요. 며칠 전에 반도호텔에서 한국 그림을 사겠다고 만나자기에… 그래 얘기가 오다가다 배영도 형의 얘기가 나왔거든요.

이 얘기가 끝남과 동시에 병희의 손에 들렸던 스케치북이 마룻바닥에 떨어진다. 병희는 흔들리는 자신의 마음과 손을 안정시키려는 듯 잠시 동안 그대로 앉아 있다. 김한기가 그녀의 모습을 곁눈질로 훔쳐보더니 방구석에 놓여있는 브론즈를 어루만지면서 일방적으로 얘기를 계속한다.

한기 한국의 현대미술 작품에 대해서 관심이 많더군요.

병희 (거의 무표정하게) 어디서 만났다구요?

한기 반도호텔!

병희 (여전히 냉담하게) 미국 어디서 만났는가 말이에요?

한기 아- 배영도 형 말이군! (빙그레 웃으며) 센트 루이스라나 봐요. 아직도 그림을 그리기는 그리는 모양인데… 생활이 어려운 모양이지요. (하며 눈치를 살핀다) 어떤 술집에서 벽화를 그려주기도 하고 손님들의 인상화를 그려주면서 근근이 생활을 하고 있다니까! 그 미국 사람도 인상화를 그렸다는군요. 그런데 그 솜씨가… 대단하더래요. 처음엔 중국 사람인 줄 알았는데 한국서 왔다면서… 서울엔 언제고 돌아오겠다고 하더라나요.

병희 (신경질적으로) 그만해요! 누가 그런 얘기를 하라시랬어요?

한기 그렇지만 나는….

병희 (의자에서 벌떡 일어나며) 제가 언제 그이의 안부를 물었는가 말이에요! 왜 새삼스럽게 그 얘기는 끄집어내서 저를….

한기 윤 여사! 그렇다고 묵살할 성질의 얘기는 아니라고 보는데요.

병희 무슨 뜻이죠?

한기 17년 동안 소식도 모르고 있던 사람인데… 그것도 바로 윤 여사의 남편이며 또….

병희 (날카롭게) 그이가 왜 내 남편인가 말이에요!

한기 (눈을 크게 뜨며) 그래요? 지금 그 얘기 사실이에요?

병희 배영도라는 사람은 이미 죽었어요. 적어도 내가 알고 있고 내가 결혼했던 그 배영도는 죽었단 말이에요. 그런데 어째서 새삼스럽게 그이 얘기를 끄집어내는 거예요!

한기 (공세에 몰리는 사람처럼) 제 얘기가 잘못되었다면 용서하십시오. 그렇지만 나는 어디까지나 윤 여사의 심정을 이해하려고 애썼기 때문에….

병희 (날카롭게 쏘아보며) 저를 이해하신다고요?

한기 무슨 곡절이야 있었던 간에 배영도는 한때 우리 화단에서 천재로 알려진 미술가였고 또 내가 평소에 존경하는 윤병희 여사와 결혼했다는 그 사실 만으로 이런 소식을 알려드릴만한 충분한 가치가 있다고 보는데요. (길게 담배 연기를 뱉으며) 그러나 윤 여사께서 그토록 불쾌하게 여기신다면 취소하겠습니다.

하며 병희의 반응을 살펴본다.

병희는 비로소 마룻바닥에 떨어진 스케치북을 주워 들고 책상에 놓은 다음 서서히 응접실 쪽으로 걸어 나온다. 김한기가 그녀의 일거일동을 주시한다.

창가에 서서 잠시 밖을 내다보고 있던 병희는 폭풍이 스쳐가는 가숨을 이겨내려는 듯 길게 숨을 내뱉는다. 멀리 디젤 기관차가 지나가는 소리가 쓸쓸한 이 방의 분위기를 짙게 물들인다. 어느덧 석양이 비껴간다.

김한기는 다 타버린 파이프의 담뱃재를 재떨이에 털고서 병희에게 가까이 간다.

한기 (조용히 그러나 죄송하다는 듯) 내가 공연한 얘기를 끄집어내서… 윤 여사가 그렇게까지 불쾌하게 여기실 줄은 미처 몰랐습니다.

병희 (화석처럼 말이 없다)

한기 평소에 윤 여사께서 일신상의 얘기에 대해서는 함구책을 써왔고 그것이 밖에서도 이러쿵저러쿵 말도 많았지만… 그래도 나만은 고독한 윤 여사를 이해하려고 애써왔으니까요. (좀 더 가까이 다가가서 속삭이듯) 윤 여사 내가 이런 얘기를 했대서 언짢게 여기지 마십시오. 윤 여사가 얘기는 안 했지만 마음속으로는 배영도 씨를 아직도….

병희 (홱 돌아서서 김한기를 정시하며) 아직도 못 잊어 하고 있다는 말인가요? 아직도 내가 그이를 사랑하고 있단 말인가요? 천만에! (그녀는 창가에서 떨어져 나와서 소파에 펄썩 주저앉는다) 그는 이미 과거의 사람이에요! 아니 그림을 그리려다가 지워버린 캔버스예요! 분홍빛 위에다가 보다 진한 잿빛으로 메꾸어 버린 아무 짝에도 쓸모없는 초상화였어요! 그런데 이제 와서 뭣 때문에 내가 그 잿빛 밑에 지워진 그림을 생각할 수 있는가 말이에요!

한기 (맞은편 소파에 앉으며) 윤 여사! 그 까닭이 뭐였죠?

병희 (말없이 바라본다)

한기 분홍빛 초상화를 잿빛 물감으로 지워버린 이유가 무엇입니까? 배영도 씨만큼 예술가적 천분이 뛰어났을 뿐 아니라 온후한 성격과 그리고 수려한 용모를 가졌던 청년이 왜 윤 여사에게 버림을 받아야 했을까요? 지금은 우리 화단에서 배영도라는 이름을 기억하는 사람도 드물게 되었지만 나는 아직도 기억하고 있지요. 지금 센트 루이스의 어느 술집 한 귀퉁이에서 낯선 길손들의 인상화나 그려주고 연명하고 있다는 천재를 윤 여사가 그토록 미워할 이유가 뭐냔 말입니다.

병희 (한기의 열띤 어조에 약간 동요의 빛을 보이며) 아니 김 선생님이 왜 그걸 알려고 하세요? 남의 사생활에 대해서 그것도 부부간의 사정을 캐물으려는 의도가 뭣인가 말이에요? 그만한 상식과 교양쯤은 지니고 계실 줄 알았는데 김 선생님도 통속적인 남성인가 보군요.

한기 (쓰게 웃으며) 통속적인 남성이라구요? 헛허… 하기야 난 장사치니까요. 명색이 미술평론가이지만 미술품을 사고파는 사람이고 보면 통속적인 장사치임에는 틀림없겠죠.

병희 (괴로움을 이기려고 눈을 지그시 감는다)

한기 (이상의 캐묻는 것이 실례라고 생각했던지 자리에서 일어서며) 그 미국사람 말로는 배 형이 한국에 돌아오고 싶어 한다나요.

(눈치를 보며) 그럼 이만 실례하겠습니다.

한기가 현관 쪽으로 향해 몇 걸음 옮기는 동안 병희는 눈을 감은 채로 앉아 있다.

병희 김 선생님!

한기 (걸음을 멈추고 돌아서며) 예! 나를 부르셨던가요?

병희 (살며시 눈을 뜨고 담담하게) 부탁 말씀이 있어요.

한기 나한테요?

병희 지금 그 얘기… 다른 사람에게는….

한기 (빙그레 웃으며) 비밀로 해달라는 말씀인가요?

병희 (비로소 한기를 보며) 네.

한기 두려우십니까?

병희 두렵다기보다는 부담이 돼서 그래요.

한기 무슨 뜻이죠?

병희 우리 집안에서는 이미 그이가 죽은 걸로 알고 있어요. 내 딸도 그리고 시어머니도…

한기 그렇지만 살아있는 건 확실합니다.

병희 김 선생님! 확실한 건 내 마음의 결심뿐이에요! 17년 전 그이가 내 집을 떠나갔고 내가 그이를 저주했던 일, 그리고 17년 동안 우리 집안에는 남자가 없었다는 사실만이 확실해요. 상애도 이미 아버지가 동란 직후 미국인 친구를 따라 미국에 간 이후 소식 한 장 없으니 이미 돌아가셨다고 믿고 있어요! 그러니 제발 그 얘기는 묻어 주세요.

한기 그렇지만… 세 사람 이상이 아는 비밀이란 이미 비밀이 아니라는 속담이 있습니다.

병희 (애원하듯) 김 선생님! 배영도는 이미 죽었다고 말씀해 주세요. 그를 만났다는 미국 사람에게도 동명이인이라고 말씀해 주세요. 네! 제 머리 가운데서 사라져 가버린 환상을 되불러 들이지 말아 주세요. 그이는 죽었어요! 아니 살아있다면 죽어야 해요! 그러니 제발 아무에게도 그 얘기는 말아주세요. 이 집안에 그이가 남긴 것이라고는 아무것도 없어요! 그이의 입김이나 손때가 묻은 거라고는 깡그리 없애 버렸어요. 여기는 내 집이에요! 윤병희의 집이에요! 그이가 남긴 모든 추악한 것을 털어버리기 위해서 나는 서울 시내를 떠나 이 호젓한 골짜구니에다 아름다운 장미로만 내 집을 에워싸게 했어요. 김 선생님! 어느 때고 그 이유를 말씀드릴 때가 오겠지만 제발 그 얘기만은 입 밖에 밷지 말아 주세요! 부탁이에요.

한기 (뜻하지 않은 윤병희의 강렬한 호소에 마음이 허물어지듯) 알겠습니다. 약속하지요!

병희 (반가움을 이기지 못해) 김 선생님!

한기 윤 여사께서 그토록 간청하시는 일이라면… 제가 자진해서라도 비밀을 지켜드리겠습니다.

병희 고맙습니다.

한기 그럼 오늘은 이만….

하며 현관 쪽으로 퇴장.

혼자 남게 된 병희는 불안과 초조가 범벅이 된 어두운 표정으로 허공을 쳐다본다.

병희 (혼잣소리로) 정말 그이가 살아 있을까? 아니야! 그럴 리가 없어. 그이는 죽었어! 내 곁에 살아 있을 수도 없거니와 살아올 수도 없어! 그런데 내가 왜 그 일 때문에 이렇게 떨어야 하는 것일까? (자기 손을 보며) 두려운 일도 아닌데 왜 내가 그렇게 김한기 씨 앞에서 애원을 해야 했을까? 정말 내가 두려워하는 일이 아니었다면 왜… (자리에서 불쑥 일어나며) 이러고 있을 일이 아니야! 김한기 씨에게 취소를 하겠다고….

하면서 급히 현관 쪽으로 나가려는데 들어서는 오영택과 마주친다. 대학생이라기보다 가냘픈 소년의 티를 벗어나지 못한 내성적인 용모다. 베이지색 바지에 하늘빛 스포츠 셔츠가 잘 어울릴 뿐 아니라 청결감을 준다. 손에 검정색 가방이 들렸다. 병희는 몹시 당황한 빛이다. 그것은 반가움을 은폐하고 일부러 사무적으로 꾸며대는 데서 오는 자각 증세이다.

영택 (고개를 꾸벅하며) 안녕하세요?

병희 어머! 미스터 오! 어서 와요.

영택 어디 나가시는 길인가요?

병희 아, 아니에요. 손님이 오셨다가 가시기에 배웅을 나가려고….

영택 (알아차리고) 김 선생님 말씀이시군요. 벌써 대문 밖을 나가시던데요. 제가 인사를 해도 받는 둥 마는 둥 하면서….

병희 (가벼운 실망의 빛을 보이며) 그래요? 벌써 나가셨군요. 무슨 말 좀 전할까 했더니….

영택 제가 뛰어갔다 올까요?

병희 괜찮아요. 나중에 전화로 얘기하겠어요! (화제를 바꾸며) 우리 상애가 오늘은 일찍 돌아왔군요.

영택 네! 어제 얘기 들었습니다. 농구시합 응원이 있는데 안 가겠다고….

병희 어쩜, 가정교사인 미스터 오에게는 미리 이런 얘기를 하면서 엄마한테는 말을 안했을까? (하며 빙그레 웃는다)

영택 (멋쩍게 머리를 긁으며 비식 웃는다)

이때 도어가 열리며 상애가 들어온다.

상애 (연설조로) 피보다 물이 진할 수도 있을지니라! 홋호….

병희 어머나! (병희가 눈을 크게 떴다가 자기도 모르게 웃음을 털어 놓는다)

영택도 따라 웃는다.

상애 선생님! 제 방으로 올라가세요.

영택 응….

병희 아니다. 상애야. 이 방에서 공부해라. 내가 2층에 올라가 있을 테니!

영택 오늘은 일 안하시나요? (하며 아틀리에 쪽을 본다)

병희 머리가 아파서… 좀 쉬겠어요. 상애야 그렇게 해.

상애 엄마가 딸을 위해서 양보하시는 거야! 홋호….

병희 망할 것! 공부나 열심히 해. (영택에게) 그리고 말 안 들으면 매 좀 때려서라도 가르쳐줘요. (하며 돌아선다)

영택 네! 알겠습니다.

상애 오 선생님의 매보다는 내가 더 힘이 세다나… 홋호….

일동 따라 웃는다.

암전.

제2막

무대

전막과 같음.

전막에서부터 약 네 시간 후, 초저녁. 창밖에 풍경은 이미 잿빛 어둠속에 파묻혀 있다.

방 안에는 전등도 켜지 않고 캄캄한데 전축에서 음악이 흘러나오고 있다. 감미로운 브람스의 곡이다.

잠시 후 병희가 시원한 홈웨어를 입고 우편 도어 쪽에서 들어선다.

어깨와 무릎까지 팡파짐하게 흘러내리는 옷의 유동선과 어깨와 앞가슴을 노출시킨 꾸밈이 성숙한 여자의 아름다움을 더 짙게 풍겨준다. 마치 잘 익은 수밀도(水蜜桃)와도 같은 인상이다.

병희 (도어를 열며) 상애야! 불도 안 켜고 공부하니? 원 애도….

하며 벽에 붙은 스위치를 켠다.

다음 순간 방 안이 환해지자 책상 위에 책이 펼쳐진 채로 놓여 있는 것이 눈이 띈다.

병희 아니 얘들이 어딜 갔을까? 게다가 전축까지 틀어 놓구서….

하며 방 한구석에 놓여 있는 전축의 뚜껑을 열고 음악을 멎게 한다. 음악이 흐르다가 갑작스레 사라지자 한결 적막과 허전함이 피부 가까이 느껴진다.

병희 어딜 갔을까? 두 사람 다 안보이니… (크게) 일순아! 일순아!

하고 부르며 소파로 가서 앉는다. 그리고 책상 위에 놓인 책을 들춰본다.
도어가 열리며 일순이가 들어선다.

일순 부르셨어요?
병희 어디들 갔지?
일순 상애 언니 말이에요?
병희 그래, 선생님도 안 보이잖아….
일순 음악 소리가 들리기에 방에 계신 줄 알았는데요. (두리번거리며) 어디 가셨을까요?
병희 선생님이 가신 건 아니지?
일순 그럼요. 아홉 시도 못 되었는걸요. (문득 무슨 생각이 떠올랐다는 듯) 혹시 거기 계신지도 모르죠.
병희 거기라니?
일순 (뒤뜰을 가리키며) 장미밭 말이죠.
병희 (마음 한 귀퉁이에 불안한 생각이 들며) 어떻게 알지?

일순　가끔 언니가 거기서 나오는 걸 봤어요.
병희　오 선생하고 같이 말이냐?
일순　네… 공부하다가 피곤하면 산보 나가시는 거래요.
병희　(불안을 느끼며) 가끔 그런 일이 있었다고?

병희는 말없이 일어서서 창가로 간다. 그리고는 창문을 활짝 열어젖힌다.
시원스런 저녁 바람이 불어오자 커튼이 하늘하늘 춤을 춘다.

병희　(냉랭하게) 일순아! 어서 들어와서 공부하라고 권해라.
일순　(어리둥절하게) 네!

하며 뒤뜰로 통하는 도어 쪽으로 간다.

병희　그만 둬! 내가 가겠다.

하며 돌아선다.

일순　네?
병희　존하고 챠아리에겐 밥 줬지?
일순　네.
병희　또 누룽지를 섞어준 게 아니지?
일순　아니에요.

병희 어서 설거지를 끝내면 목욕탕 청소나 해라.

일순 네!

일순 부엌 쪽으로 향한 도어를 열고 나간다.

병희는 걷잡을 수 없는 불안에 얼굴이 흐려진다. 뒤뜰로 나갈 것인가에 대해서 선뜻 결심이 안 생기는지 방 안을 서성거린다.

이때 뒤뜰에서 상애의 웃음소리가 들려온다. 병희는 그 순간 긴장의 빛을 보이더니 소파로 가서 앉는다. 그리고 신문을 펴들고 태연한 자세로 읽는 척한다. 뒤뜰 쪽 도어가 조심스럽게 열리며 상애와 영택이가 들어선다. 뜻하지 않은 어머니의 모습을 보자 상애와 영택은 서로 시선을 마주치고 어깨를 움츠린다. 상애는 입에 손가락을 모두어 조용히 하라는 신호를 한 다음 발자국 소리를 죽이며 어머니가 앉아 있는 뒤로 간다.

병희 (담담하게) 별빛 아래서도 책을 읽을 수 있더냐?

상애 (자신의 계획이 탄로난 데 대한 가벼운 실망을 나타내며) 엄마는 응큼쟁이야!

병희 (여전히 신문을 보며) 빈 방에 전축을 틀어 놓고 자취를 감춰 버린 사람은 뭐라고 별명을 지어주면 좋을까?

상애 반딧불을 잡으러 갔어요.

병희 반딧불?

하며 신문을 접어놓고 비로소 두 사람을 바라본다. 영택은 그녀의 시선을 제대로 막아내지 못하고 외면을 한다. 그러나 상애는 여유만만하게 튕겨 버린다.

상애 창가에 반딧불이 날아들었어요. 그래서 그걸 잡으려고 따라가다 보니까 어느새 장미밭 안 연못가에까지 왔지 뭐유. 그래서 바람 좀 쐬고….

병희 그럼 선생님도 너를 위해서 반딧불을 잡아주려고 나갔었어?

이 말에 상애와 영택은 반사적으로 시선이 마주친다.

병희 반딧불을 쫓아다닐 나이는 아닐 텐데… 그래 몇 마리나 잡았지?

하며 두 사람을 바라본다.

상애 너무 많아서 다 놔줬어요.

병희 놔줬어?

상애 그런 건 많이 가지면 가질수록 버리고 싶어지는 걸요.

병희 어째서?

상애 제철이 아니라서 그런가 봐요.

병희 초여름인데 벌써 반딧불이 나왔다니 반가웠을 텐데 왜 버리니? 나 같으면 가지고 싶어지겠다.

상애 엄마가 정말 가지고 싶으시다면 제가 가서 잡아올게요. (하며 나간다)

병희 상애야!

상애 (가려다 말고 돌아본다)

병희 부엌에 들어가서 시원한 주스나 내오너라. 선생님도 드리고 나도 마시게.

상애 네!

그녀는 예상 외로 순진하게 부엌 쪽으로 나간다. 상애가 사라지자 영택은 더욱 안절부절 못하는 눈치다.

병희 (강압적인 말투로) 가까이 와서 앉지 응?

영택은 쑥스럽게 웃어 보이며 소파에 와서 앉는다. 병희의 시선을 이마에다 느끼며 손을 부비기만 한다.

병희 내가 이런 얘기한다고 달리 생각지 말아요.

영택 (큰 눈동자에 긴장의 빛이 돌며) 예? (하며 침을 꿀꺽 삼킨다)

병희 (담담하나 위엄 있게) 상애에게는 학습 지도 이외의 어떠한 행동도 삼가줘야겠어요.

영택 (무슨 영문인지 모르겠다는 듯 그녀의 눈부시게 흰 목덜미를 바라본다)

병희 내년 대학 입학준비를 위해서만 필요한 사람이라는 걸 다

짐했으면 좋겠어요. 미스터 오는….

영택 선생님! 제가 무슨 잘못이라도….

병희 나는 지금 잘잘못을 가려내자는 게 아니에요. 우리 상애가 외롭게 자라왔고 또 이 집안에서 말벗이 없으니까 미스터 오에게 유달리 친근감을 느끼리라는 것쯤은 나도 이해할 수 있지만… 그렇지만….

영택 저를 의심하신다는 뜻인가요?

병희 의심이 부당하다면 경계한다고 해둘까?

영택 네? (검은 눈썹이 산 벌레처럼 움직인다)

병희 적어도 나는 남성에게 대해서는 그렇게 대하고 있어요. 미스터 오가 우리 집에 드나든 지도 어언 3개월이 지났지만….

영택 그동안에 제가 선생님의 눈에 거슬릴만한 행동을 한 기억이라곤 없습니다.

병희 그건 나도 인정해요.

영택 (강하게) 그런데 왜 (자신의 목소리가 의외로 높았다는 걸 의심했는지 스스로 얼굴을 붉히면서 소리를 낮추며) 죄송합니다. 그렇지만 제가 상애에게 야비한 짓을 했거나, 가르쳤다고 오해를 받기는….

병희 (여유 있게 웃어 보이며) 난 결코 오해를 하고 있는 게 아니라니까….

영택 그럼 뭡니까?

병희 아까 말했잖아! 경계를 하고 있다고… 돌다리도 두들겨보면서 건너가고 싶은 생각뿐이지! 더구나 딸 하나 뿐인 어머니로서는 상애의 모든 것은 그대로 나의 전부와 같은 것이니까! (길게 한숨을 내뱉으며) 미스터 오는 내가 왜 이런 얘기를 하는지 짐작도 못할 거야! 그렇지만 나는 쓰라린 경험이 있어요. 아니 상처라고 하는 게 제 격일지도 모르지만….

갑자기 심각해지는 그녀의 말투에 영택은 자기도 모르게 마음이 이끌려간다.

병희 인간에게 있어서 배반이라는 것보다 더한 악덕은 없을 거예요! 그것도 자기가 믿었던 친구나 애인이나- 그보다 더 가까운 사람으로부터 배반을 당했을 때의 아픔… 아니 그건 아픔이라기보다는 자신에 대한 측은감이지, 마치 동상에 썩어 문드러진 한 개의 손가락을 보는 심정이라고나 할까? 아프긴 하지만 떼어내야 되는 그 살덩어리에 대한 애착을 미스터 오는 모를 거예요! 그것은 분명히 자기 육체의 한 부분이며 그것이 없어짐으로써 남들이 보기에 얼마나 흉할 형태인가를 생각했을 때 인간도 미치고 마는 법이지요!

영택 선생님… 그 얘기가 왜 저한테 필요합니까? 저는 선생님댁에 들어와 모든 책임과 성의와 그리고 신뢰감을 위해서 열심히 일해왔다고 자부하는데요.

병희 그렇기 때문에 필요한 거예요… 미스터 오가 내게 대해서 성의와 신뢰감을 생각하듯 나도 미스터 오에 대해서 그만큼 관심을 보여 왔으니까… 알겠어요?

그녀의 뜨거운 시선을 정면으로 이겨내지 못한 영택은 외면을 한다.

병희 (낮은 목소리로 애원하듯) 나를 실망시키지 말아요! 솔직히 말해서 미스터 오가 우리 상애와는 끝까지 하나의 구획선을 긋고 대해 주길 바라는 것뿐이니까요… 아시겠어요?

영택 (마지못해) 네!

병희 하루에 네 시간씩 학과에 관한 공부, 특히 미스터 오는 영문과니까 영어에 대한 학습지도만 부탁하는 거예요. 약속하지요?

영택 네….

병희 (부드러운 미소를 지으며) 고마워요. 미스터 오가 그렇게 순수히 내 청을 받아들여 준다는 게 나로서는 정말 기뻐요.

영택 그 대신 한 가지 질문을 해도 괜찮겠습니까?

병희 질문?

영택 (머뭇거리다가) 상애의 아버님 되시는 분은 누구신가요?

병희 ? (놀라움에 눈이 크게 뜨인다)

영택 돌아가셨다 하더라도 사진 한 장쯤은 있음직도 한데 이 집안에는 전혀 그런 자취도 찾아볼 수가 없군요.

병희 그걸 알고 싶어 하는 이유는?

영택 (얼버무리며) 그 그저… 알고 싶었을 뿐입니다. 상애도 가끔 궁금한 듯이 푸념을 하더군요.

병희 그럴 리가 없어… 상애는 나한테도 그런 질문을 한 적이 없는데 어째서 미스터 오에게 물어보겠어요….

영택 사실입니다. 상애는 겉으로는 퍽 명랑하고 상냥해 보이지만 제가 알기에는 누구보다도 민감한….

병희 상애 아버지는 돌아가셨어요! 상애가 한 살 때니까 벌써 17년 전 일이에요. 그래서 그 애는 아버지 얼굴도 모를 뿐 아니라 아버지가 왜 있어야 했는지조차 모르고 자라왔어요! 내가 아버지 몫까지 해줬으니까 그럴 수밖에 없겠지만….

영택 그걸 부인하자는 게 아닙니다. 다만 저는….

병희 (자리에서 불쑥 일어나며) 그 이상은 물을 필요도 없어요! (명령조로) 내가 얘기한 대로만 지켜주면 되니까.

이때 상애가 쟁반에다가 주스를 만들어 가지고 들어선다. 방 안의 분위기가 어색하다는 걸 눈치 차리면서도 일부러 명랑하게 행동을 취한다.

상애 기다렸죠? 글쎄 믹서가 말을 잘 안 들어서….

하며 탁자 위에다가 쟁반을 내려놓는다. 그녀는 세 개의 주스를 각자의 앞에 놓고 자기가 먼저 마신다.

상애 엄마! 솜씨가 어떻수?

병희 (한 모금 맛을 보고나서) 합격이다!

상애 선생님은요?

하며 영택을 쳐다본다. 그러나 영택은 책상 위에 널려 있던 책을 챙기고만 있다.

상애 선생님… 주스 드세요.

영택 응? (돌아보고) 응… 이것 좀 치우고….

상애 싫어요. 그건 나중에 하셔도 되잖아요.

하며 주스잔을 억지로 들려주려고 하자 영택이 뿌리치는 바람에 그만 잔이 마룻바닥에 떨어져 산산조각이 난다.

상애 앗!

영택 아니….

병희 어머나….

세 사람의 시선이 동시에 한곳에서 마주친다. 그러나 병희는 뭣이 유쾌한지 깔깔대고 웃는다.

병희 홋호….

상애 엄마… 왜 웃어요!

병희 네가 선생님께 지나친 정성을 기울인 탓으로 주스잔이 부풀어터진 게로구나… 홋호….

상애 엄마도 깍쟁이 같은 소리만….

영택은 쭈그리고 앉아서 유리조각을 주워서 휴지통에다 넣는다.

상애 관두세요. 일순이를 시킬 테니….

병희 상애야! 네가 치워야지 선생님을 부려먹는 애가 어디 있니….

상애 잠깐만 기다리세요. 걸레를 가지고 나올 테니까!

영택 괜찮아요. 내가….

그러나 상애는 밖으로 뛰어나간다. 딸이 수선을 피우던 모습을 보고 있던 병희는 영택에게 다가온다.

병희 내가 아까 한 말 상애에게는 눈치채지 않도록 해요. 알겠어요?

영택 네… (그는 자기가 가지고 온 책을 가방에 넣고) 그럼 이만 가봐야겠습니다.

병희 (탁상시계를 보며) 벌써 시간이 되었군요… 조심해 가세요. 내가 자동차를 사야 미스터 오도 덜 고생을 할 텐데….

영택 별 말씀을….

이때 상애가 걸레를 가지고 들어오다가 현관 쪽으로 나가는 영택을 보고 섬칫 제자리에 선다.

상애 가시게요?

병희 시간이 다 되었다… 시내까지 들어가려면 한참인데.

영택 그럼 내일 또….

영택은 두 사람 가운데 그 누구도 보지 않은 시점에다가 인사를 하며 현관 밖으로 나간다.
상애는 다음 순간 이상스런 예감을 느꼈는지 걸레를 내던지고 현관 쪽으로 뛰어 내려가려고 한다.

상애 선생님! 잠깐만….

병희 상애야! 어디 가니?

그러나 상애는 이미 밖으로 뛰쳐나간 뒤이다.
두 마리의 개가 짖어대는 소리가 밤공기를 유달리 소란스럽게 울리고 지나간다.
병희는 방 한 귀퉁이에 놓인 전기스탠드에 불을 켠다. 주홍빛 갓을 뚫고 새어나온 전등불이 묘한 분위기를 자아내게 한다. 그녀는 샹들리에 등을 끄고 전축의 음악을 튼다.
그리고는 아틀리에 쪽으로 건너가서 불을 켜고 조각을 바라본다.
그다지 훤하지 않은 조명 아래 놓인 갖가지 작품들이 마치 살아있는 것처럼 기괴한 빛을 발산한다.

그녀는 그 가운데 놓인 〈능욕〉의 알루미늄 판을 서서히 어루만지기 시작한다. 그것은 마치 살아있는 동물의 등을 어루만지듯 정답고 사랑스러운 손길이다. 그 뭣인가에 대한 열띤 갈망을 억제하지 못하는 것 같은 자세이다.

얼마 후 상애가 현관 쪽에서 들어선다.

방 안의 조명이 전과 달라졌고 감미로운 음악이 흐르는데 대한 반발과 의아심이 치솟는다.

그녀는 전축의 음악을 거칠게 끄고 전등을 더 환하게 켠다. 음악이 멎자 병희는 마치 꿈에서 깨어난 사람처럼 응접실 쪽을 바라본다.

상애가 무겁게 입을 다물고 다가온다. 어떤 적의를 품은 표정이다.

상애 엄마!

병희 (그녀는 조각에다가 흰 광목을 서서히 입혀주고 있다)

상애 (전보다 크게) 엄마!

병희 선생님은 가셨니?

상애 무슨 얘기를 하셨죠?

병희 무슨 얘기라니….

상애 엄마가 오 선생님한테 무슨 얘기를 하셨는가 말예요!

병희 (조용히) 네가 내년에 대학 입학시험에 꼭 합격되게 해달라고 부탁했다. 왜…?

상애 (깨물어 뱉듯) 거짓말!

병희 (딸의 적의에 찬 시선을 응시한다)

상애　오늘밤 오 선생님 태도는 이상했어요. 지금까지 그런 일이라곤 없었는데….

병희　(담담하나 위협적으로) 이상한 건 네 자신이다.

상애　엄마야말로 이상해요!

병희　(화를 내며) 내가 어쨌다는 거냐?

상애　(지지 않고) 엄마가 오 선생님에게 무슨 얘기를 하셨기에 그렇게 우울한 표정이었어요. 아까 장미밭에서만 하더라도 명랑하게 얘기를 하셨어요. 그런데….

병희　오 선생님은 내성적이고 조심성 있는 성격이다. 명랑하게 보이는 것뿐이야.

상애　그런데 왜 제가 없는 사이에 갑작스레 그렇게 우울해지셨는가 말이에요? 여느 때 같으면 손을 흔들어 보이며 가셨을 텐데 오늘은 뒤도 안 돌아보고 총총히 가셨어요.

병희　(자신 있는 어조로) 자기 공부가 바쁜 게지… 내년엔 졸업이니 논문도 써야겠고… 게다가 가정교사가 얼마나 고단한 일인데….

상애　엄마는 이해심도 많으시군요! 흥!

병희　상애야! 똑똑히 일러두지만 (자애롭게) 너는 대학 입학에 대해서만 모든 관심을 집중시켜야 된다. 알겠니? 그것만이 네 자신을 위해서, 그리고 이 엄마를 위해서도….

상애　그렇지만 엄마가 그런 식으로 나한테 압력을 가한다면 나도 생각이 있어요.

병희　압력이라니… 이 애가 정말 못할 소리가 없구나….

상애　대학도 포기하겠어요.

병희　(거의 증오에 가까운 불길이 두 눈에서 이글거린다)

상애　남의 일에 대해서 왜 그렇게 간섭이 심한가 말이에요?

병희　엄마가 딸의 장래를 위해서 걱정하는 것도 간섭이란 말이냐?

상애　간섭과 애정도 분간 못할 만큼 엄마는 우둔하신가요?

병희　이 기집애가 정말….

하며 몇 걸음 다가선다.

상애　(똑바로 쳐다보며) 엄마는 내가 오 선생님하고 가까워질까 봐서 그러시는 거죠?

병희　(당황하며) 뭣이 어째?

상애　겁이 나는 거죠- 네! 아니면 아니라고 말씀해 보세요.

병희　(화를 내며) 그만 두지 못하겠니?

상애　(기를 쓰며) 싫어요! 싫어!

병희　상애야!

상애　(어머니에게서 떨어져 나가며) 엄마는 왜 솔직하지 못하세요! 달팽이처럼 껍데기를 등에 업고 다니세요! 아니 그 껍데기 속에 도사리고 앉아서 가장 영리한 사람인 양 빼기는가 말이에요!

병희　(거의 이성을 잃을 정도로) 상애야! 정말 그만 두지 못하겠니? 엄마보고 빼기다니… 그런 천한 말버릇을 어디서 누구한테서 배웠지?

상애　그래요! 나는 천한 태생이니까 천한 말 밖에 쓸 수 없잖아요….

병희　(어이가 없어 입이 떡 벌어진다)

상애　그렇지만 엄마처럼 위선이나 허식의 껍데기를 뒤집어쓰고 싶지는 않아요….

병희　엄마가 언제 위선을 부렸단 말이냐? 엄마는 오늘날까지 너만을 위해서, 오직 너만을 위해서 모든 괴로움을 참고 이겨 왔는데….

자기도 모르게 감정이 격해지고 울음이 복받쳐 오르자 그것을 짙게 밀어버리려고 안간힘을 쓴다. 그러나 그럴수록 입술에 경련이 일어나고 뺨에는 어느덧 두 줄기 눈물이 주르륵 흘러내린다.

상애　엄마는 자기 자신이 이 세상에서 가장 깨끗하게 살아가고 있다고 생각하실지 모르지만 그건 허세에요!

병희　허세?

상애　여자가 17년 동안 고독을 이겨 나왔다는 게 미덕이라고 여기는 시대는 지났단 말이에요! 인적도 드문 골짜구니에 장미로 울타리를 막고 외부와의 접촉을 꺼려하는 엄마의 사생활을 찬양하는 사람보다는 도리어 조소와 의아의 눈으로 지켜보는 사람이 더 많다는 것을 아셔야 해요!

병희　너 어디서 무슨 얘기를 들었기에 그런 악담이니? 엄마의 생활을 누가 의아하게 생각했단 말이냐? 누가 조소하는가 말이다.

상애 그럼 엄마는 그게 정상적이라고 생각하세요?

병희 (다시 한 번 놀라운 표정으로) 뭣이 어째? 아니 그럼 내 생활이 정상적이 아니란 말이냐?

상애 그래요! 저는 엄마가 차라리 재혼을 하셨으면 했어요! 아버지의 얼굴도 기억 못한 채 자라나온 저는 친아버지가 아니라도 좋으니 아버지가 필요했었어요. 그렇지만 어머니는….

병희 그게 왜 잘못이냐? 엄마는 남자에게 대해서는 저주를 느꼈으면 느꼈지 그 이상의 관심도 친근감도 가질 수 없는 몸이다.

상애 그 이유가 뭐에요! 엄마가 남자를 저주하는 이유가 뭐냐 말이에요? 그런 고집이 신성하다고 생각하시나요? 그래서 제가 오 선생과 다정하게 지내는 걸 시기하셨어요?

병희 시기?

상애 그래요! 엄마는 질투하고 있는 거예요! 저와 오 선생 사이를 질투하고 있단 말이에요! 솔직히 말해보세요! 네?

하며 흥분한 상애가 어머니에게 육박해 오자 병희는 반사적으로 상애의 뺨을 세차게 휘갈긴다.

병희　듣기 싫어!

상애는 뜻하지 않은 어머니의 손찌검에 마치 감전된 사람처럼 멍하니 쳐다본다.
얼마 전부터 부엌 쪽 도어에서 나와서 두 사람의 언쟁을 지켜보고 있던 이 씨의 얼굴에 이즈러진 웃음이 깊은 계곡의 그늘처럼 패인다.
상애는 뒤늦게 되살아나는 분노와 슬픔의 덩어리가 치솟자 왈칵 울음을 털어놓는다. 그리고는 이 씨가 서 있는 것을 발견하자 그녀의 품에 가서 안긴다.

상애　할머니!

그리고는 비로소 소리를 내어 슬프게 울기 시작한다. 이 씨는 상애의 어깨와 등을 어루만지며 적의와 저주의 시선으로 병희를 응시한다.
비로소 이 씨가 거기에 있었다는 사실을 깨닫자 병희는 일종의 수치심과 죄의식에 얼굴이 확 달아오른다.

이씨　(차갑게) 다 자란 애에게 손찌검을 해서 어떻게 하자는 거냐?
병희　버릇을 고쳐놔야겠어요! (크게) 상애야!
이씨　(단호하게) 그만 해 둬!
병희　(압도당한 듯) 네?

이씨 상애가 무슨 잘못을 저질렀는지 모르겠지만 그렇게까지 혹독하게 대할 건 없잖니!

병희 (악에 바쳐) 어머니가 뭘 아신다고 참견이세요!

이씨 나도 참견할 만하니까 하는 거다.

병희 뭐라구요?

이씨 상애는 너에게는 소중한 딸이겠지만 나한테는 더 소중한 손녀다. 할미가 손녀를 아끼는 게 뭐가 잘못인가 말이다!

병희 어머니!

이씨 (상애의 얼굴을 들여다보며) 상애야! 어서 2층으로 올라가자. 여기 있으면 우리만 손해를 보게 된다. 어서!

상애 (더 슬퍼지며) 할머니! 난… 난….

이씨 울지 말래두 그러는구나. 누가 뭐래도 너는 할머니가 지켜줄 테니까 걱정 말아. (자신도 어느덧 서글퍼지며) 네가 이렇게 자라도록… 보지도 듣지도 못하고 에그 불쌍한 것아….

병희 (그것이 무엇을 의미하는 말인지를 잽싸게 알아내자) 어머니! 도대체 무슨 말씀이세요? 상애가 어쨌다는 거예요?

이씨 (무슨 얘기를 하려다 말고 원망스럽게 바라보더니) 에미의 마음은 누구나 매한가지다. 네가 상애를 생각하듯 나도… 나도….

병희 그만 두세요! 오늘 따라 왜 이러시는 거예요! 왜! (금시 울어버리고 싶은 심정이다)

이씨 내가 왜 이런 얘기를 해야만 되는지 모르겠지만 내 아들을 찾아달란 말이다.

병희 네? (너무나 뜻밖의 말에 말문이 막힌 듯) 그게 무슨 말씀이세요?

이씨 내 아들은 살아있어… 어디선가 나를 기다리고 있다. 다만 집에 찾아오고 싶어도 못 찾아오는 거다.

병희 (마음에 꺼림칙한 점이 있어) 어머니… 그걸 말이라고 하세요?

이씨 네가 뭣 때문에 내 아들을 내 아들을 저버리는가 말이다….

그녀는 어느덧 상애를 떠밀고서 병희 앞으로 다가선다.
이 씨의 반짝거리는 눈에 위압을 당하는 양병희는 몇 걸음 뒤로 물러서 나간다.

이씨 내 아들이 무슨 잘못이 있기에… 받아들이지 않는가 말이다! 그 애는 누구보다도 내가 아끼고 사랑하던 단 하나의 혈육이었어. 그런데도 너는 내 아들을 이 집에서 내쫓았어!

병희 (참고 견디어 온 격정을 폭발시키며) 내가 내쫓은 게 아니에요… 자기 스스로 나간 거예요!

이씨 거짓말이다! 네가 못 들어오게 한 거야! 네가!

병희 그럴 만한 이유가 있었어요….

이씨 이유야 있건 없건 지아비를 내쫓고 쓰는 법이 어디 있단 말이냐? 그럴 바엔 차라리 나도 상애도 내쫓고 혼자 살 일이지….

병희 어머니! 웬 그런 악담을 그렇게 하세요! 어머니나 상애를 내가 왜 내쫓는단 말이에요.

이씨 (울음이 복받치며) 17년 동안… 나는 한마디 말도 않고… 이렇게 두더지처럼 살아왔지만… 이제는 더 참을 수가 없다. 상애가 자라날수록 나는… 나는 내 아들 생각에… 견딜 수가 없다!

병희 그러니 저더러 어떻게 하라는 거예요? 그 사람을 나더러 어디서 찾아오란 말이에요!

이씨 네가 그럴 생각만 있다면 못 찾을 게 뭐냐?

병희 나는 못해요! 못해요!

거의 미친 사람처럼 외치며 창가에 가서 흐느낀다.
두 사람의 격한 언쟁을 듣고 있던 상애의 얼굴에는 체념도 비애도 아닌 야릇한 그림자가 덮이기 시작한다.

이씨 상애야! 가자… 너만은 내 곁을 떠나서는 안 된다! 어서….

하며 상애의 손목을 끌고 부엌 쪽 도어로 퇴장한다. 그러나 상애는 어떤 미련을 느끼는 양 흐느껴 우는 어머니를 되돌아보며 나간다. 갑작스레 이 세상에서 버림을 받은 것 같은 고립감에 사로잡힌 병희는 얼굴을 쳐든다. 눈물로 얼굴이 사나운 야수처럼 이그러져 보인다.

병희 (혼잣소리) 그건 아니에요. 내가 내쫓은 게 아니에요! 그이가 나갔어요… 그이가 나를 버린 거예요! 버림을 받은 건 나란 말이에요. 그런데 어째서 내가 내가 형벌을 받아야 합니까!

하며 소파에 쓰러지며 슬프게 울기 시작한다.

암전.

제3막

무대

전막과 같음. 전막부터 약 한 달 후. 다만 응접실과 아틀리에 사이에 둘러진 커튼이 완전히 두 방을 갈라놓은 듯 쳐있고 아틀리에 쪽의 천정에 있는 차일용 커튼도 닫혀있어 오랫동안 사용을 안 하고 있다는 증거이다.

따라서 무대는 응접실만이 유난스럽게 환히 밝아 보인다. 막이 오르면 여름 한낮의 뜨겁고 지루한 분위기가 응접실 안과 뜰에 아지랑이처럼 피어오르고 있다.

창문은 활짝 열려있고 방 한구석에 선풍기가 놓여있지만 돌지 않고 있다.

상애가 창가에 의자를 가져다 놓고 두 다리를 길게 앞으로 뻗은 채 누운 듯 앉아 있다. 얼굴은 부채로 가려진 채로다. 매미 우는 소리가 한가롭다기보다는 차라리 권태롭게 들린다. 잠시 후 이 씨가 한약 그릇을 쟁반에 받쳐 들고 들어선다. 방 안에 들어서자 돌지 않고 있는 선풍기를 먼저 발견하고는 혀를 끌끌 찬다.

이씨 에그! 이 더위에 선풍기도 안 켜놓구서….

하며 선풍기 쪽으로 다가와서 스위치를 누르자 신나게 돌아간다. 이 씨는 잠이 든 상애를 조용히 깨운다.

이씨 상애야… 상애야, 약 먹을 시간이다.

상애 (그대로 누운 채로) 지금 몇 시에요?

이씨 (상애가 자지 않고 있었다는 게 대견스럽다는 듯 웃으며) 원 애두… 너 깨어 있었구나… 자 약 마셔라!

상애 (짜증을 내며) 몇 시냐니까!

이씨 그 글쎄… 아까 식당 시계가 넉 점 치던 것 같더라….

이 말을 듣자 상애가 불쑥 일어나 앉는다. 전보다 얼굴이 핼쑥해 보인다.

이씨 자…. (하며 약그릇을 내민다)

상애 (미간을 찌푸리며) 또 약이야.

이씨 또가 뭐냐… 아직도 한 재는 더 달여 먹어야 한다. 양약보다는 한약이 더 효험이 있어….

상애 흥! 할머니는 내가 아프다니까 겁이 나우?

이씨 겁이 나잖구?

상애 (이상야릇한 웃음을 지으며) 그렇다고 죽지는 않을 테니까 걱정 마세요.

이씨 끔찍한 소릴… 자 어서 약이나 먹으래도….

상애는 아무런 부담도 느끼지 않고 약을 마시고는 빈 약그릇을 할머니에게 준다.

이씨 방학 동안에 회복을 해야지… 나는 네가 건강해지는 일밖에는 바랄 일이라곤 없다.

상애 거짓말!

이씨 뭐가 거짓말이냐?

상애 할머니가 바라는 일은 또 있잖우?

이씨 또라니?

상애 (두어 번 부채질을 하며 태연스럽게) 행여나 아버지가 살아서 돌아오기를 바라고 계실 걸… 흠… (이 씨를 쳐다보며) 그렇죠?

이씨 (우울한 한숨을 내쉬며) 바란다고 이루어지는 일이라면야….

상애 실은 저도 어떻게 생겼을까 하고 막연하나마 머릿속에 그려볼 때가 있어요.

이씨 네 아버지를 말이냐?

상애 그렇다고 보고 싶다든가 그리워지는 건 아니구요.

이씨 (어이가 없다는 듯) 뭣이?

상애 할머니! 아버진 어떻게 생겼어요?

이씨 (어떤 환영을 쫓는 듯) 잘 생겼지. 말이 없고 하루 종일 화실에서 그림만 그리는 게 전부였단다. 중학교 때부터 그림에는 천재라는칭찬을 받았었지.

상애 그래서 엄마하곤 미술대학에서 알게 되었다는 것까지는 저도 알고 있어요.

이씨　(스스로 어떤 쓰라린 과거를 짓이겨 버리려는 듯) 그렇지만 사람이란 연분이 안 닿으면 못사는 법인가 보더라. 결혼 1년 만에 손바닥을 뒤집듯이 헤어졌으니….

상애　(흥미를 느끼며) 왜 그랬을까요? 그토록 사랑했다면서… 손바닥을 뒤집을 만한 이유가 뭐예요?

이씨　그건 나도 모른다!

상애　(납득이 안 간다는 듯) 그렇지만 그럴만한 이유가 있었을 게 아니에요?

이씨　(짜증을 내며) 모르겠대두! 열 길 물속은 알아도 한 길 사람 속을 짚을 길이 없다는 게 바로 네 엄마를 두고 하는 속담이겠지….

상애　그럼 엄마가 먼저 아버지를 싫다고 했나요?

이씨　(한숨을 뱉으며) 그렇다고 생각할 수밖에… (갑작스레 어떤 증오와 불만이 터지며) 네 아버지는 네 엄마한테 한마디 대꾸도 못한 채 쫓겨나다시피 했단다.

상애　쫓겨나다니요? 아버지가 무슨 잘못을 저질렀기에….

이씨　글쎄 말이다… 설령 남편이 무슨 잘못을 저질렀기로 아내가 남편을 집밖으로 몰아낼 수는 없지 뭐냐? 아내의 도리도 아니거니와 그건 체통 서는 집안사람으로서는 가당치도 않은 일이다!

상애　그렇지만 그럴만한 이유는 있었을 게 아니에요? 왜 아버지는 한마디 말씀도 못하셨을까요? 엄마한테 얘기는 못해도 할머니한테는 할 수가 있잖아요?

이씨　　네 아버진 어려서부터 성질이 암떠서[1] … 에미한테도 고분고분 얘기를 하는 적이라곤 없었단다. 동리에서도 오죽하면 섬색시라는 별명까지 얻었겠니….

상애　　(호기심을 느끼며) 엄마하고는 정반대였군요. 그럼!

이씨　　그렇지! 지금은 지나간 얘기지만 먼저 결혼을 하자고 졸라댄 것도 네 엄마 편이었지만 헤어지자고 말한 것도….

상애　　엄마였군요?

이씨　　(눈물이 글썽해지며) 못난 인간… 제 아내가 헤어지자고 했기로서니 집을 나갈 게 또 뭐람… 그것도 멀리 미국까지 말이다. 아들 하나를 믿고 살아온 에미에게는 빈집을 지키라고… (눈물을 삼키며) 난 지금도 그날 일을 생각하면… 가슴이 터질 것만 같고 채 삼키지도 못한 음식이 목구멍에 남은 것 같구나… 나는 죽을 때까지 이런 얘기를 안 하려고 했지만… 이제 너도 철이 났고 얼마 안 있으면 시집도 가게 될 나이니… 얘기를 안 할 수도 없게 되었구나….

상애　　(마치 흥미진진한 옛날 얘기에 감동되어가는 소녀처럼 이 씨의 치마폭에 매달리며) 할머니, 얘기해 주세요. 알고 싶어요 네?

이씨　　(아슬한 옛 추억을 더듬어가며) 네 아버지는 대학에 다닐 때부터 미군부대에 드나들었단다. 학비를 벌기 위해서 토요일 오후면 용산 쪽으로 나가서 미국 군인들의 얼굴을 그려주고는 얼마간의 돈을 받고 했었어. 벌이가 좋은 날은 초콜릿이며 파인애플을 한 아름씩 안고 들어오기도 했단다.

---

1) 암띠다: 수줍은 성질이 있다.

그런데 미국 군인 가운데 인심이 후한 사람이 있었던 모양이더라.

상애 학비를 대주었나요?

이씨 (석연치 않게) 글쎄… 그건 잘 모르겠지만 그 미국 사람이 네 아버지를 미국으로 데려가겠다고 자청을 했다지 뭐냐….

상애 그럼 잘 되었지 뭐예요. 아버지의 미술 재능을 인정했기에 그렇게….

이씨 그렇지만 네 엄마는 웬일인지 그걸 반대했었단다.

상애 왜 그랬을까요?

이씨 네 엄마도 나한테는 소상한 설명을 안 해주니까 모르지만 결혼식 때 그 미국 군인이 식장에까지 찾아와서 축하하는 걸 나도 봤다. 저희들끼리 무슨 말을 주고받는 모양이지만 나는 알아들을 수가 없었어… 다만 그 미국 사람의 모습이 어쩐지 서운하고 아쉬워하는 눈치인 것만은 뚜렷이 알 수가 있었다.

상애 아버지의 결혼을 축하하러 왔을 텐데요.

이씨 글쎄다… 그 후 얼마 안 있어 그 미국 사람은 본국으로 떠나갔단다. 그때부터 너의 아버지와 어머니 사이는 금이 가기 시작했단다.

상애 모처럼 미국 유학을 갈 수 있었던 기회를 놓쳤으니 아버지로서는 불만이었겠지요. 더구나 예술을 공부하는 데는 아무래도 미국이나 구라파 쪽에 나가야 한다는데!

이씨 나도 가끔 그런 얘기를 들었어… 그러나 네 엄마가 끝까지 반대했지 뭐냐… 그 후부터 네 아버지는 술을 마시기 시작하고 마치 병든 사람마냥 진종일 화실에 앉아서… (한숨을 내뱉으며) 이 집으로 이사 오기 전에 우리는 신당동에 살았었지만… 내가 그 좁은 화실에 웅크리고 앉아 있던 네 아버지의 야윈 모습을 볼라치면 가슴이 뭉클해지기까지 했었다.

상애 할머니 그건 엄마가 나쁜 게 아니에요. 아버지를 진심으로 사랑했기 때문에 먼 나라로 떠나가는 것을 굳이 말렸던 거예요! 그만큼 어머니가 아버지를 사랑했다는 증거이기도 해요. 안 그래요?

이씨 나로서는 짐작도 못할 일이다. 남편이 가고 싶어 하고 공부하고 싶어 하니 집을 팔아서라도 경비를 대줄 생각을 해야 할 텐데 네 엄마는 마치 젊은 시앗을 보는 여편네 모양으로 네 아버지를 들볶는 꼴도 몇 차례 보았다.

상애 그런데 어떻게 해서 아버지가 미국으로 떠나게 되었죠?

이씨 미국에서 편지가 여러 차례 왔었단다. 그때마다 돈도 부쳐오고….

상애 어머 그렇게까지 마음씨 고운 사람이 있었을까?

이씨 (어떤 과거지사가 생생하게 눈앞에 떠오르는지 불쑥 자리에서 일어서며 무대 전면으로 나온다. 이와 동시에 무대는 차츰 어두워지고 조명이 암흑 속의 이 씨의 얼굴만을 비쳐준다) 그날은 아침부터 비가 쏟아지고 있었다. 너는 그때 홍역을 치르느라고 안방에서 내가 병풍을 들친 채 내 품에 안겨 있었단다. 그런데 난데

없이 화실 쪽에서 네 어머니가 언성을 높이며 외치질 않았겠니?

병희 (소리만) 가요! 가! 그렇게 못 잊을 사람이라면 따라 나가란 말에요? 가….

어둠 속에서 물건을 내던지는 소리와 함께 화병이 깨지는 소리가 천둥소리처럼 크게 들린다. 이와 동시에 우편 아틀리에가 어렴풋이 나타난다. 창밖에는 가을비가 내리고 있어 방 안은 한층 더 음울하게 보인다.

창을 향해 서 있는 청년의 뒷모습은 퍽이나 가냘프고도 초라하게 느껴질 뿐 얼굴은 알아볼 수가 없다. 무대 한 구석에 젊은 날의 병희가 몹시 흥분된 상태로 서 있다.

그녀의 손에 외국 항공 우편이 서너 통 들려 있다. 병희는 너무나 흥분과 분노에 쌓여 말소리가 떨린다.

병희 왜 대답을 못하세요. 네? 이제는 당신이 어떤 인간이라는 걸 알았으니까 가세요! 미국이건 지옥이건 가세요! 나는 그동안 설마하고 그래도 나의 육감이 당신과 그리고 우리들의 사랑을 욕되게 할까봐 그것만을 걱정해왔어요… 그렇지만 이제는 못 속여요! 이 편지가 있으니까. 태평양을 건너온 이 편지를… 아니 이것은 당신에게 온 편지가 아니라 당신이 보낸 편지의 답장이니….

말끝을 못 맺고 고뇌를 못 이겨 머리칼을 쥐어뜯는다.

병희 아… 내가 사랑했던 당신이… 내가 모든 것을 바쳤던 당신이… 이런 꼴로 이런 흉악한 모습으로 내 앞에 서야 하다니… 차라리 종로 네거리에 나가서 옷을 벗어요. 옷을 벗고 서울 시내를 걸어가요! 두려움도 부끄러움도 없는 당신 같은 사내들은 능히 할 수 있을 거예요! 어서 나가요! 나가!

하며 사나이의 등을 방망이질 하듯 마구 친다. 그러나 사나이는 여전히 등 돌아 서 있을 뿐이다. 병희는 스스로의 흥분을 이겨내지 못해 무대 앞쪽 테이블에 쓰러져 울음을 터뜨린다.

병희 내가 당신에게 내맡긴 진실을 고작해서 이렇게 찾아주기에요? 그럼 왜 결혼을 했어요! 왜….

하며 더 슬프게 원통하게 울기 시작한다. 그러나 역시 사나이는 길게 한숨을 들이켜 쉬고는 전과 꼭 같은 자세로 서 있다. 그러한 무관심한 태도에 발작적으로 분노와 저항을 느낀 병희가 살기를 품은 시선으로 대든다.

병희 어서 나가요! 이제는 나도 참을 수 없어! 나를 더럽히고 나를 여자 이전에 암컷으로 만들고만 당신을 용서할 수 없어요. 나가란 말이에요! 암컷과 수컷끼리의 가정은 내가 저주하겠어요! 당신들은 남자가 아니라 짐승이에요! 들판에서 떼지어 다니는 수컷들! 나가요! 나가!

하며 화병을 들어 벽에 던진다. 이와 동시에 번개와 함께 천둥소리가 요란하다.
사나이는 잠시 망설이더니 뒤를 돌아보지도 않고 천천히 도어 쪽으로 가서 잠시 서 있다가 길게 숨을 내뱉고는 나가버린다. 그러한 사나이의 행동을 지켜보고 있는 병희의 얼굴에 복수의 승리자가 느낄 수 있는 야릇한 통쾌감에 젖은 웃음이 떠오른다.

병희 다시는 내 앞에 못 나타날 거야… 다시는… 너는 남편이 아니라 동물이야… 동물… 홋호… (다음 순간 그 웃음이 울음으로 변한다) 그렇지만 내 딸은 어떻게 한다지? 인간과 동물 사이에 태어난 생명은 어떻게 한다지? 내 귀여운 상애에게서 그 더러운 피를 뽑아야 해… 그 더러운 피를 없애야 해… 하나님… 하나님… (마룻바닥에 쪼그리고 앉아서 기도하듯) 너무하십니다. 저에게 이런 시련을 내리다니… 차라리 저에게 독사발을 주실 일이지… 이런 호된 채찍질을 하시다니… 아…. (하며 마룻바닥에 쓰러져 운다. 번개가 다시 천지를 꿰뚫고 지나간다)

잠시 후 무대는 어두웠다가 다시 처음 상태로 밝아진다. 이 씨의 얘기에 매혹되듯 앉아 있던 상애가 자기 나름의 추리와 판단으로 서서히 고개를 끄덕거린다.

상애 결국 엄마는 저 하나를 지켜나가기 위해서 오늘날까지 지내오셨단 말이군요!

이씨 그렇게 생각할 수도 있지. 그렇지만 네 엄마가 너를 사랑하듯 나는 내 아들을 사랑하고 또한 너는 네 아버지를 찾는 게 인간이 아니겠니?

상애 할머니 그렇지만 그 편지에 어떤 사연이 쓰여 있었는지 모르지만 아버지가 미국으로 안 가셨던들 우리는 좀 더 행복했을지도 모르죠.

이씨 (후회스럽다는 듯) 그야 그렇지. 하지만 17년 동안 생사조차 알 길 없는 네 아버지를 생각해온 나로서는 하루도 마음 편할 날이 없었단다.

상애 각자 자기 나름의 행복은 있는 법이에요.

이씨 뭣이! 자기 나름의 행복?

상애 그렇죠! (의외로 명랑하게) 그러한 아버지와 어머니의 사이에서 태어난 저에게도 행복은 있겠지요. 흠… 그건 그렇고 엄마는 2층에 계셔요?

이씨 개를 데리고 산보나갔다 왜….

상애 (무슨 말을 하려다가 말고) 그만 두겠어요…. (하며 부채질을 신경질적으로 한다)

이씨 상애야!

상애　할머니! 지금 몇 시예요.

이씨　(쓰게 웃으며) 넉 점 지났대두 그러는구나!

상애　(혼잣소리처럼) 왜 안 오실까!

이씨　누구 말이야?

상애　(대답 대신 자리에서 일어나 창가로 간다. 이 씨는 상애의 그러한 태도에 마음이 가는 점이 있다는 듯 한숨을 길게 뱉는다)

이씨　상애야, 오 선생은 안 오실게다. (이 말에 상애의 표정이 굳어진다)

상애　안 오신다구요?

이씨　기다릴 필요도 없거니와 기다려 봐야.

상애　(담담하게) 누가 오 선생님을 오시지 말라고 했나요?

이씨　(난처해지며) 공부도 좋지만 네 몸이 성해야지. 더구나 이 복더위에 공부를 한다는 건 섶을 지고 아궁이로 들어가는 격이지 뭐냐.

상애　그래서 엄마가 오 선생더러 오지 말라고 했나요? (조용한 말투이지만 눈에는 열기가 서려 있다)

이씨　(말없이 창밖으로 시선을 돌린다)

상애　(신경질적으로 버럭 소리를 지른다) 엄마가 왜 그런 일까지 간섭일까? 흥! 할머니도 그게 옳다고 생각하세요? 나를 이렇게 가두어두고 약이나 먹이면 된다고 생각하세요? 난 아프지 않아요. 환자가 아니란 말이에요!

이씨　그렇지만 너는 가끔 잠결에 헛소리를 하고 식은땀을 흠뻑 흘리고 하잖니?

상애　여름 감기에요.

이씨　(가까이 다가서며) 상애야! 네 병은 감기가 아니다. 의사선생님도 그렇게 진단을 내렸고 한의원도 진맥을 짚었잖아… 그러니 딴 생각일랑 말고 병을 고치도록 해라.

상애　제가 언제 딴 생각을 했어요?

이씨　그, 그렇지만….

상애　나는 엄마가 시키는 대로 순종해 왔어요. 하루에 세 번 약을 먹고 오후엔 한 시간씩 낮잠을 자고 아홉 시엔 잠자리에 들고… (갑작스레 발악을 하듯) 그런데 왜 나를 이렇게 감시하고 꽁꽁 묶어 두려는 거예요.

이씨　묶긴 누가 묶었어?

상애　오 선생님을 못 오게 한 건 뭐예요? 네? 제가 오 선생님한테 딴 생각이라도 품고 있단 말인가요?

이씨　(어처구니 없다는 듯) 그런 상소릴 하는 게 아니야!

상애　할머니가 그러셨잖아요. 딴 생각일랑 말라고! 흥! 엄마는 내가 오 선생님하고 같이 있는 걸 경계하고 계시는 거야! 아니 내가 오 선생님하고 친하게 지내는 걸 못마땅하게 여기고 있는 거예요! (할머니를 직시하며) 그렇죠? 그래서 나를 억지로 환자 취급을 하고 이제는 그것을 구실삼아 오 선생님도 이 집에 못 드나들게하신 거예요. 엄마가 그렇게 시킨 거죠? 네? 그렇죠?

상애의 추궁이 너무나 신랄하다고 생각했던지 이 씨는 저만치 피

한다.

그리고는 몹시 난처한 표정으로 서성거린다.

상애 흥! 누가 모를 줄 알구? 나도 다 안단 말이에요! 엄마가 오 선생을 못 오게 하신 이유쯤은 나도 알고 남음이 있어요! 그것이 딸을 위하는 사랑이라고 우기시겠지만 어림도 없어요! 나도 이젠 내 생각대로 한단 말이야! 해!

상애는 자신의 흥분을 이겨내지 못한 나머지 부채를 내던지고 의자를 밀어뜨리고 하더니 창가에 가서 흐느껴 울기 시작한다.

그러한 상애의 흥분된 행동을 측은하게 바라보고 있던 이 씨는 약 그릇을 탁자 위에 놓고 의자를 바로 세운 다음 서서히 다가간다.

그리고는 상애의 헝클어진 머리를 쓰다듬어준다.

이씨 상애야!

상애 (여전히 더 슬프게 울고 있다)

이씨 실은… 오 선생을 못 오게 한 건… 나다. (울음을 뚝 그치고 고개를 든다) 네 엄마가 그런 게 아니야.

상애 (눈물로 얼룩진 얼굴을 쳐들며) 할머니가 오 선생님을 못 오게 했어요?

이씨 (대답 대신 긴 한숨을 뱉는다)

상애 왜요? 무슨 이유로… (말하려다 말고) 내 건강이 나쁘니까 공부도 쉬어야 한다고 생각하셨나요?

이씨 그게 아니야!

상애 (이 씨의 변명에는 아랑곳없다는 듯) 그게 저를 사랑하는 유일한 방법이라고 생각하셨나요? 하루에 세 시간씩 오 선생님께 영어 공부를 지도받는 게 그렇게 제 몸에 해로운 것이라고 생각하시나요? 아니면 엄마가 할머니에게 그렇게 시킨 일인가요? 네?

이씨 아니래두! (할머니의 답변이 너무나 단정적이라고 생각하자 상애의 미간이 급히 흐려진다)

이씨 물론 네 몸이 갑작스레 약해진 것도 그 이유가 되겠지만… 오라는…. (다음 순간 말을 하기가 난처하다는 듯 마른 침을 꿀꺽 삼킨다)

상애 무슨 일이 있었나요?

이씨 (담담하게) 오 선생은 우리 집에 드나들어서는 안 될 사람이더라.

상애 안 될 사람?

이씨 나도 처음에는 퍽 착실하고 순진한 학생이라 여겼고 또 고학생이니까 동정도 했었지만….

상애 오 선생님이 무슨 잘못이라도 저질렀나요? 할머니 말씀해 주세요.

이씨 그 사람이 직접 잘못을 저질렀다고는 볼 수 없지만서두….

상애 그럼 누가….

이씨 (결심을 하듯) 어떻든 그 사람은 우리 집에 안 드나드는 게 좋을 것 같다. 네 공부를 위해서라면 가정교사야 얼마든지 구할 수 있다.

상애 싫어요!

이씨 (얼굴에 당황하는 빛이 떠돈다)

상애 할머니께서 그 이유를 말씀해 주시지 않으신다면 제가 엄마한테 직접 물어보겠어요. 언젠가 엄마가 오 선생님보고 충고를 하셨던 기억은 있지만 우리 집에 다시는 오지 말라고까지 안했어요. 그런데 이제 할머니까지 덩달아서 오 선생님을 내쫓다니… 제가 엄마한테 물어보겠어요.

하며 상애가 뒤뜰로 향한 도어 쪽으로 가려던 찰나 전화벨이 울린다.

이 씨도 상애도 섬칫한다.

그만큼 전화소리는 요란스럽게, 그리고 답답한 방 안 분위기를 뒤흔들어 놓는다.

다시 전화벨이 울린다. 이 씨가 전화를 받으러 간다.

상애는 어떤 불안한 예감 같은 것을 느끼며 도어 쪽으로 간다.

이씨 여보세요? (기대가 어긋났다는 듯 쌀쌀하게) 네, 상애는 아직도 누워 있어요 네? (사이) 그럴 필요 없어요. (약간 어조에 가시가 돋치며) 당분간은 시험공부도 못시키겠다고 했잖아요! 네? (사이) 그러니 그리 알고….

상애 (홱 돌아보며) 오 선생님이신가요? 저 좀 바꿔주세요! (하며 급히 뛰어오자 이 씨가 전화를 끊는다. 분노와 경악에서) 왜 전화를 끊으세요?

이씨 받을 필요 없어! 이쪽에서 연락할 때까지는 쉬기로 했잖니?

상애 (반항적으로) 할머니까지 이러시기예요?

이씨 내 하는 일에 틀림은 없다.

상애 제 의사를 무시하는 거예요?

이씨 모두가 우리 가정을 위해서야. 너나 네 엄마를 위해서이다. 그리 알고 당분간은 공부도 잊어버려라.

이렇게 말하는 동안 상애는 마치 어려운 수수께끼의 답을 찾아내기라도 하려는 듯 이 씨의 얼굴을 뚫어지게 바라본다. 그러한 손녀의 시선을 의식하자 이 씨는 부러 못 본 척 약그릇을 들고 우편으로 나가려 한다. 그 순간 상애가 잽싸게 이 씨의 앞을 막아선다.

상애 할머니!

이씨 그만 누워있거라.

상애 말씀해 주세요.

이씨 뭘 말하라는 게냐? 이제 와서….

상애 오 선생님을 못 오시게 한 이유가 뭐냔 말이에요! 단순히 저의 건강을 걱정해서가 아닌 것만은 사실이에요, 그렇죠?

이씨 (말없이 상애의 얼굴을 지켜본다)

상애 오 선생님을 우리 집에 못 드나들게 하는 이유가 뭣인가 말씀해 주세요.

이씨 지금은 말할 수 없다.

상애 왜요?

이씨 차차 알게 된다. 어떻든 그건 너를 위해서 한 짓이니까 그렇게 알아서 해로운 건 없을 게다.

이때 두 마리의 개가 짖어대는 소리가 멀리서부터 차츰 가까워진다.
그 소리는 마치 정다운 사람끼리 시시덕거리는 소리 같기도 하다.
간간히 죤과 챠아리를 부르는 병희의 목소리는 마치 즐거운 놀이에서 돌아오는 아이들을 달래주는 것 같다. 이 씨가 급히 창가로 가서 밖을 내다 본 다음 상애에게로 다가간다.

이씨 상애야! 아직은 네 엄마에게 이 얘길 해서는 안 된다.

상애 (상애는 무슨 뜻이냐고 반문하듯 이 씨를 날카롭게 쏘아본다)

이씨 너는 그저 잠자코 있으면 되니까 알겠지?

상애 할머니 도대체 무슨 꾀를 부리고 계시는 거예요?

이씨 글쎄 내 시키는 대로 해!

이때 무대 밖에서 병희와 일순의 대화가 들려온다.

병희 (소리만) 죤에겐 고기를 더 줘라! 장미밭에서 또 쥐를 잡았단다. 호호.

일순 (소리만) 쥐를 잡아요?

이때 병희와 일순이가 현관 쪽에서 들어온다. 병희는 시원스런 밀짚모자를 썼고 손에는 선글라스가 들려 있다. 가벼운 운동으로 이마에 솟구친 땀이 한결 그녀의 건강하고 풍만한 아름다움을 돋보이게 해준다.

일순 어쩜 존은 그렇게 쥐를 잘 잡을까요? 진돗개도 아닌데….

병희 그러게 말이다. 참 신통도 하지. 지난번에 장미나무 뿌리를 상하게 하던 쥐였던 모양이지! 흠… 어서 가서 고기를 주래두!

일순 네. (일순은 무대를 횡단하여 우편 도어 쪽으로 퇴장한다. 이 사이에 병희는 묵묵히 서 있는 이 씨와 상애의 거동이 심상치 않다고 느끼면서도 부러 태연한 척한다)

병희 (상애에게) 약은 먹었니?

이씨 (상애를 대신해서) 지금 먹었단다.

병희 (이 씨 손에 들린 약그릇을 보자 미간이 흐려지며) 병원에서 지어온 약을 먹어야지 한약만 먹이면 어떻게 해요?

이씨 양약보다는 한약이 더 잘 듣는데두!

병희 그렇지만 의사 진단을 받았으면 의사의 지시에 따라야지. 어떻게….

상애 (돌아선 채) 엄마!

병희 (말없이 바라본다)

이씨 (잽싸게) 상애야! 이제 그만 올라가서 쉬라니까! 자 할머니와 같이 올라가자. (하며 등을 떠밀다시피 한다. 그러나 상애는 어머니의 표정에서 그 무엇인가를 찾아내기라도 하려는 듯 뚫어지게 바라본다)

병희 (일부러 부드럽게) 먹고 싶은 게 있으면 말해라.

상애 (담담하면서도 비꼬움이 섞인 어조) 파인애플을 먹고 싶어서 조르던 때는 지났어요.

병희 (불쾌감과 의아심이 뒤섞인 어조로) 때가 지났다니?

상애 특별히 먹고 싶은 음식을 청하는 습성은 이제 없어졌다니까요! 제 스스로 찾아 먹을 수도 있게 되었단 말이에요.

병희 상애야, 도대체 무슨 얘기를 하고 있지?

상애 (어머니의 눈을 응시하며) 속 시원히 말하라는 뜻인가요?

이씨 (약간 당황하면서) 또 열이 오르는 모양이지. 상애야 그만 네 방으로 가서 쉬라니까…. (하며 팔을 이끈다)

상애 엄마! 가정교사를 그만 두게 한 이유가 뭐죠?

병희 오 선생님을? (하며 상애를 인자하게 그러나 장난꾸러기처럼 바라보며) 그만 두게 하진 않았다. 너는 아직도 그 얘기를 언짢게 여긴 모양인데….

상애 그렇지만 오 선생님은 오늘부터 안 오신대요.

병희 누가 그러던?

상애 할머니가요.

병희 (갑작스레 얼굴표정이 굳어지며) 무슨 연락이 있었어요? 어머니. (사이) 어디가 아프대요?

이씨 아니.

병희 그럼 어째서.

상애 할머니께서 오지 말라고 하셨대요.

상애는 시종 두 사람의 표정을 탐색자의 눈으로 바라본다.

병희 정말이세요 어머니?

이 씨는 다시 한 번 병희의 얼굴을 바라보더니 서서히 우편 도어 쪽으로 나간다. 그녀의 그러한 태연스런 태도에 병희와 상애는 압도당한 듯 멍하니 지켜볼 뿐이다. 문지방에 서서 병희를 바라보던 이 씨가 최종적으로 어떤 단안을 내리듯 말한다.

이씨 나도 이 집 식구의 한사람이니까 그렇게 할 만한 이유가 있다. 나는 처음부터 그 학생을 가정교사로 데려온 데 대해서 탐탁하게 생각지 않았으니까.

상애 왜요? (하며 다가간다)

이씨 그 이유는 네 엄마가 더 잘 알고 있을 게다. (한숨을 뱉고) 그러나 결과는 내가 짐작했던 대로야. 어쩐지 비가 쏟아질 것 같은 날씨인데도 우산을 안 가지고 나온 사람의 심정이라고나 할까. (다시 길게 한숨을 뱉고 상애를 바라보며 조용히) 어떻든 비를 맞을 수는 없잖니?

하며 밖으로 나간다. 닫혀진 도어 앞에서 상애는 얼마동안 장승처럼서 있다.

그러나 병희는 휘몰아치는 거센 바람에 흔들리는 가랑잎을 긁어모으려는 사람마냥 손으로 얼굴을 가린다.

그리고는 의자에 쓰러지듯 앉는다. 상애는 어머니를 돌아본다. 어느덧 눈빛에는 증오가 타오르고 있다.

상애 엄마는 비밀이 많은 분이에요.

병희 (그래도 두 손으로 얼굴을 가린 채 앉아 있다)

상애 언제까지나 자기만의 세계에서 살아가겠다는 거죠. 네?

병희 (고개를 번쩍 든다)

상애 그러나 저는 세상 사람들이 엄마를 유명한 조각가로 칭찬하는 찬사의 십분의 일만큼이라도 실감하고 싶어요.

병희 (낮게 속삭이듯) 들어가거라.

상애 (어머니의 말에는 아랑곳없다는 듯) 신비스런 여자라고 생각하겠죠? 그러나 저는 달라요. 밖에서 엄마를 보는 사람들과 나는 다르단 말이에요.

병희 (크게 꾸짖으며) 네가 뭘 안다고 그러니? 어서 들어가지 못해?

상애 혼자 있고 싶단 말이죠? 제가 엄마 가까이 있으면 엄마가 지니고 있는 신비감이 줄어들까봐서 겁이 나세요?

병희 (울부짖듯) 상애야!

상애 (광적으로) 할머니는 분명히 말씀하셨어요. 비를 맞기 싫어서 우산을 펴야겠다고. 그 우산이 무엇인지 나는 끝까지 알아내고야 말겠어요. 그리고 엄마가 지니고 있는 신비의 베일도 말이에요.

상애는 도어를 쾅 닫고 나간다.
혼자 남게 된 병희는 갑자기 휘몰아오는 고독과 불안에 부르르 몸을 떤다. 그리고는 허공의 일점을 응시하면서 속살거린다.

병희 상애야! 그것은 신비가 아니야. 하물며 나를 유명하게 만든 게 세상 사람들의 찬사는 아니다. 나를 칭찬해 주면 줄수록 서글퍼지는 엄마를 너는 모를 거야. 너는 모른다. 몰라.

병희는 격류처럼 밀어닥치는 울음을 어금니로 지그시 깨물고 있다. 이때 현관 쪽에서 초인종(오르골)이 둔탁하게 울린다. 그러나 병희는 마치 화석처럼 제자리에 서 있다.
일순이가 우편 도어에서 급히 나와 현관 쪽으로 간다. 멍하니 서 있는 병희를 의아한 표정으로 본다.

일순 (마음을 떠보려는 듯) 손님이 오셨나 봐요. (하면서 현관 쪽으로 가려고 한다)
병희 (조용하면서도 저력이 있는 어조로) 나를 찾으면 없다고 해.
일순 예?

병희 오늘은 아무도 만나고 싶지 않으니까.

일순 네. (그녀는 다시 한 번 의아한 시선으로 병희를 보며 밖으로 나간다)

병희는 길게 한숨을 뱉고는 방 안을 한바탕 거닐더니 장미밭 쪽으로 통하는 도어를 열고 나가려는 순간 전화벨이 울린다. 병희는 잠시 망설이다가 수화기를 든다.

병희 여보세요! 네. 제가 (미처 얘기를 끝내기도 전에 별로 탐탁하지도 않게) 김 선생님이시군요? 웬일이세요? (사이) 긴한 용무가 있으시다구요? 그렇지만 밖에 나가고 싶지 않아요. 몸도 좋지가 않고. 네? (사이) 전화로 말씀하세요. 상관없으니까. (사이) 글쎄 오늘은 밖에 나갈 예정이 없어요. (사이) 아니에요. 김 선생님을 피하려는 게 아니라. 네, 말씀하시라니까요. 네? (사이) 놀랄 만한 사실이라니요? (갑작스레 긴장의 빛이 감돌고) 뭐라구요? (사이, 꺼질 듯이) 한국에 왔다구요? 어제? (상대방의 통화는 아직도 계속되고 있으나 그녀는 자기 나름의 상념에 잠기어 서서히 수화기를 귀에서 떼어 놓는다. 그리고는 흔들리는 자신의 마음을 가다듬으려고 눈을 지그시 감는다. 혼잣소리) 그이가 왔어? 그이가 한국에. 그럴 리가 없어. 거짓말이야. 그이는 죽었어. 그인….

이때 일순이가 책을 들고 들어온다. 화려한 색도인쇄의 부인잡지를 펼치며 도취된 사람마냥 입이 헤벌어지며 다가간다.

일순 아줌마! 여기 아줌마 사진이 크게 났어요. 잡지사에서 여자분이 이 책을 주고 갔어요.

그러나 병희는 아무 대꾸가 없다.

일순 접때 오신 분이 찍으신 사진이에요. 어유 예쁘기도 해라. 아줌마 이것 좀 보세요. (소녀처럼 조잘대며 책을 내밀자 병희는 조용히 눈을 뜨고 책을 받는다) 사진이 아주 잘 나왔어요. (아틀리에를 가리키며) 저 방에 있는 조각 그림도….

이때 병희는 조용히 책장을 뒤지다 말고 책을 마룻바닥에 떨어뜨린 채 뒤뜰로 마치 몽유병 환자처럼 뛰어 나간다. 그러한 모습을 의아하게 바라보고 있는 일순이가 고개를 갸웃거린다.

일순 이상하다 왜 저러실까? 변덕도 심하기도 하지.

하며 떨어진 책을 주워 표지를 손으로 편다. 매미 우는 소리가 더 처절감을 풍겨주며 울어댄다.

암전.

제4막

무대

전막과 같음.

전막부터 사흘 후. 석양 때.

소낙비가 한바탕 쏟아지려는지 멀리서 천둥소리가 여운을 남기며 사라진다. 그것은 방 안의 불안과 허전함을 더 느끼게 한다.

막이 오르면 김한기가 초조하게 담배를 피우며 방 안을 서성거리고 있다. 그리고 이따금 손목시계를 들여다본다. 누구를 기다리는 눈치이다. 우편 도어가 열리자 기다리고 있다는 듯 그는 도어 쪽으로 간다.

그러나 들어서는 사람이 상애임을 알자 약간 기대에 어긋났다는 듯 가벼운 실망이 얼굴에 떠오른다.

상애는 전보다 훨씬 병적이다. 우선 이상스러우리만큼 움푹 꺼진 깊숙한 두 눈에서 발산하는 눈빛이 어떤 동물적인 것을 느끼게 한다. 그리고 핼쑥해진 뺨과 이마에 흩어져 내린 머리카락이 일종의 처절감을 풍겨준다. 그녀는 서서히 방 안으로 들어서서 아틀리에 쪽을 멍하니 바라본다. 먼지가 부옇게 낀 흰 광목으로 뒤덮인 조각 〈능욕〉을 바라보고 있다.

한기 (반기며) 잘 있었어?

상애는 장승처럼 서 있을 뿐이다.

한기 (약간 멋쩍어지며) 어머니께선 안 나오시나? 아까 식모에게 내가 왔다고 여쭈라고 했는데.

상애 (자기 나름의 생각에서) 김 선생님! 한 가지 물어봐도 괜찮아요?

한기 (어리둥절해서) 무슨 얘긴데.

상애 우리 엄마가 왜 사흘 동안 2층에서 안 내려오실까요?

한기 사흘 동안? (생각 끝에) 그럴 리가 없는데. 내가 사흘 전에 전화를 했을 때만 해도….

상애 그날부터 엄마는 2층 침실에 틀어박혀서 아무것도 안 잡수시고 계세요. 문고리두 안에서 걸어둔 채로 말이에요.

한기 (비로소 숨겨진 사실을 알았다는 듯) 그렇게 되었어? 어쩐지 그래서 내가 여러 번 전화를 걸어도 식모가 받기에 걱정이 되어서 이렇게 찾아왔지….

상애 (돌아서며) 선생님께서 무슨 얘기를 하셨던가요?

한기 (당황하며) 아니 뭐… 그저….

상애 사실은 제가 그날 엄마한테 버릇없이 막무가내로 말대꾸를 했었어요. 그래서 다음 날 아침에 엄마한테 사과를 하려고 마음먹었지만… (길게 절망적인 한숨을 뱉고) 이내 방에서 나오시질 않으셔요.

한기 (손에 든 담배가치가 다 타들어 가자 새 것으로 갈아 피우며) 나도 어머님을 직접 만나 뵙기 전에는 무어라 말할 수도 없지만….

상애 저 때문에 그러신 거예요. (눈물이 글썽해지며) 제가 엄마한테 버릇없이 굴었기 때문에 화가 나서 안 나오시는 거예요. (애절하듯) 김 선생님! 저 좀 도와주세요. 네? 김 선생님께서 제 본심은 그게 아니라는 걸 엄마한테 말씀해주세요.

한기 (난처한 표정으로) 한 지붕 밑에서 사는 모녀끼리 무슨 얘긴들 못하려고….

상애 아니에요. 우리 엄마는 보통 사람과 다른 데가 있어요. 겉으로는 조용해 보이지만 겨울밤의 조각달처럼 차고 날카로운 면이 있어요. 그래서 나는 다시는… 다시는… 안 보시겠다고…. (자기 감정을 감당 못하고 울음을 터트린다)

한기 그렇지만 어머니와 딸 사인데… 아마 어머님께선 다른 걱정거리가 있으신 거겠지… 그걸 상애가 이해를 해 드려야지….

상애 (눈물로 얼룩진 얼굴을 쳐들며) 무슨 걱정거리가 있으실까요? 아까도 일순이가 손님이 오셨다고 아무리 불러도 대꾸도 안 하셨어요. 그래서 제가 나온 거예요… (다시 매달리며) 김 선생님! 우리 엄마가 왜 그러실까요? 제가 미워진 게 아닐까요?

한기 (그녀의 손을 정답게 쥐어주고 달래며) 아무튼 내게 맡겨둬요.

상애 사실인즉 제게 잘못이라곤 없어요. 저의 가정교사인 오 선생님을 사전에 저한테는 한마디 말씀도 없이 그만두게 하셨어요.

한기 옳지… 그 예쁘장하게 생긴 대학생 말이군. 나는 친척인 줄 알았는데….

상애 친척은 아니에요. 고학생이에요. 영문과에 다니는….

한기 그래? (고개를 갸웃거리며) 그렇지만 꼭 닮았던데.

상애 누굴 말씀인가요?

한기 (주위를 경계하듯 은밀히) 상애는 아버지 얼굴을 기억 못하지?

상애 사진을 본 일조차 없어요.

한기 음!

상애 (눈치를 차리며) 그럼 오 선생님이 우리 아버지를 닮았다는 말씀인가요?

한기 (잠시 상애의 얼굴을 내려다보더니) 닮았어… 닮았잖구….

상애 (어떤 심적인 동요를 일으키며) 정말인가요? 어떻게 아세요?

한기 (깔깔대고 웃으며) 왜 모르나. 지금 서울 화단에서의 배영도라는 천재의 이름은 거의 잊혀가고 있지만 나는 기억하지.

상애 (바짝 다가서며) 김 선생님! 우리 아버지가 어떻게 생겼나요?

한기 몸은 깡마른 편이었으나 이마가 시원스럽고 눈이 매력적이었어. 일 년 내내 머리에 기름이라곤 바르는 적이 없었지. 약간 붉은 빛이 도는 노랑머리가 이마에 흩어져 있는 우울한 지성미! 그게 아마 천재적인 용모일지도 모르지만 나약해 보이면서도 심지가 들어 있고 우울해 보이면서도 어딘가 안에서 타오르는 불길이 있어 보이는 지성파였으니까. 그래서 (은근히) 상애 어머니가 적극적으로 구혼을 했었지만 말이야.

상애　(그의 말을 한마디도 놓치지 않겠다는 듯) 어머니는 지금까지 저에게 아버지에 관한 얘기를 해주신 적은 없었어요.

한기　(난처해지며) 그- 그야 상애의 마음을 상하고 싶지 않아서 그러신 거겠지.

상애　(무언가 섬광처럼 머리를 스쳐가는 영감을 느낀 듯) 알았다!

한기　(영문을 모르고) 알다니 무얼 안단 말이야?

상애　(자기대로의 생각에 잠기며) 할머니와 어머니가 승강이를 벌이신 일!

한기　언제?

상애　사흘 전에요. 오 선생님을 그만 두시게 하신 건 할머니 자신이었다고 말씀하셨습니다. 그렇지만 그 이유가 뭐냐고 물었는데도 할머니는 얼버무려 버리시더군요. 다만 처음부터 그 학생이 가정교사로 들어서는 건 반대였다고 분명히 말씀하셨어요.

한기　그런 일이 있었어?

상애　김 선생님! 오 선생님이 우리 아버지를 닮으셨다는 얘기 틀림없지요?

한기　(다짐을 하며) 내 말을 못 믿겠다면 할머니나 어머니한테 물어보면 되잖아.

상애　이제 알았다. 엄마가 한 달 전에 오 선생님한테 한 얘기도, 그리고 할머니가 그렇게….

이때 도어가 열리며 일순이가 들어선다.

일순 (약간 조급한 어조로) 아주머니께서 내려오세요.

한기 그래? (하며 탁자 위에 놓인 재떨이에다가 담배를 비벼 끈다)

상애 일순아! 할머니는 어디 가셨지?

일순 문안에 나가셨어요. 언니 약을 지어오시겠다면서… 아마 돌아오실 때가 되었어요.

멀리서 천둥 치는 소리가 아련히 들려온다.

일순 비가 쏟아지겠어요. (상애가 뒤뜰로 나가는 것을 보고) 어디 가세요?

상애 장미밭에!

일순 방에 가서 누워 있어요.

그러나 상애는 아무 대꾸도 안하며 나간다. 한기와 일순은 이상하다는 듯 시선을 마주치며 쓰게 웃는다.

한기 까다로운 아가씨군!

일순 이 집 식구들은 모조리 대중을 잡을 수가 없어요.

한기 무슨 뜻이지?

일순 할머니는 할머니대로 주인아주머니는 아주머니대로, 그리고 상애 언니는 언니대로 모두 자기 말이 옳다고만 우겨대니… 난 어느 장단에 춤을 춰야 좋을지 모르겠어요.

한기 헛허… 충신은 두 임금을 섬기지 않는 법이니 그중에서 한 사람만 택해야지.

일순 (겁이 나는 듯) 그러다가 밥줄 끊어지게요.

한기 그럼 다음 주인을 따라 가면 되지. 헛허….

이때 병희가 들어선다. 며칠 동안 자리에 누워 있었던 탓으로 헝클어진 머리를 아무렇게나 졸라서 질끈 맨 탓으로 소녀처럼 앳되게 보인다.

그러나 핏기가 없는 안색이 어딘지 허약해 보인다. 병희를 보자 일순은 사나운 개를 만난 강아지처럼 슬슬 눈치를 보며 부엌 쪽으로 퇴장.

한기 (호들갑을 떨며) 편찮으신 모양인데 이렇게 찾아와서 죄송합니다.

병희 (태연한 척 꾸미며) 앉으세요!

두 사람은 소파에 앉는다.

누가 말을 먼저 끄집어 낼 것인가를 서로 눈치로만 살핀다. 이 공백기를 틈타서 한기는 담배에 불을 붙인다.

한기 건강이 몹시 나쁘시다면 다음 기회로 하죠.

병희 사흘 전부터 긴히 하실 얘기가 있으시다면서….

한기 정말 괜찮겠습니까?

병희 졸도할 만큼 약하지는 않으니까요. 말씀하세요.

전보다 천둥소리가 더 크고 요란스럽게 들린다.

한기 (시침을 떼고) 배영도를 만났습니다.

병희 (무표정하게 앉아 있다)

한기 많이 변했더군요. (사이) 많이 변했다고는 하지만 실상은 구렛나루와 콧수염을 길렀다는 점을 빼고는 외모는 옛날처럼 세련되어 보이더군요…. (하며 멋쩍게 웃는다)

병희 (눈을 지그시 감는다)

한기 (조용히) 윤 여사 한번 만나보시지 않겠어요?

병희 (응답이 없다)

한기 제가 그런 얘기를 하니까 윤 여사는 나라는 인간을 싱겁다고 생각하시겠지만 말씀이야… (쓰게 웃고) 언제는 청혼을 하던 인간이 이제는 억지로 배영도 씨를 만나게 하려든다고 우습게 생각되시겠지만 따지고 보면 인생이라는 게 그런 거 아닙니까? 윤 여사!

병희 (담담하게) 그런 것일까요?

한기 (허점을 찔린 듯) 네?

병희 언제고 자기 식성대로 음식을 골라 먹는 게 인생이란 뜻인가요?

한기 그 그런 뜻이 아니라 제 얘기는….

병희 김 선생님! 저는 그렇게 도량이 넓지도 못하거니와 감상적인 인도주의자는 못 돼요.

한기 무슨 뜻이죠?

병희 (단호하게) 상식적인 사고방식이나 처세는 싫단 말입니다.

그녀의 또렷한 어조에 압도를 당한 양한기는 피어오르는 담배 연기를 멍하니 바라보고 있다.

병희 (냉철하게) 배영도 씨가 과거에 나의 남편이었음은 사실입니다. 그리고 단 하나의 혈육인 딸의 아버지였던 것도 그렇지만 지금은… (어조를 떨어뜨리며) 지금은 나와는 아무런 관계가 없는 남입니다.

한기 그렇게 뚜렷하게 금을 그을 수가 있을까요? 그동안에 어떠한 경로와 풍파가 있었는지 잘은 모르겠지만 역시 남편이요 아버지였다는 인연은 지울 수 없지 않을까요?

병희 우리 인간에게 중요한 건 인연이 아니라 사실이에요.

한기 네?

병희 지금은 피를 나누었다든가 피를 이었다는 게 아무런 소용도 없게 되었어요. 이미 현대인에게 있어서 피는 아무런 뜻도 힘도 없어지고 말았어요.

한기 냉혹해지자는 건가요?

병희 사흘 동안 그것을 생각해 왔어요.

한기 그거라니요?

병희 (자리에서 일어서) 빈사상태에 있는 환자에게 수혈을 하는 광경 말이에요. 피가 모자라서 수혈을 해야 할 경우 우리는 부모나 형제나 남편을 찾지는 않아요. 그 누구의 피가 되었건 그 환자의 혈액형과 같은 혈액을 사오라고 의사는 명령하고 또 환자의 가족은 그 명령에 순종하기 마련이에요. (날카롭게 한기를 돌아보며) 그것은 내 피가 아니에요. 부모도 형제도 부부도 아닌 바로 남의 피란 말이에요. (차츰 흥분하며) 그게 남의 피라고 해서 불결하게 여기거나 언짢게 여기는 환자는 없더군요. 그 피는 내 피가 아니라고 거절하는 환자는 없단 말이에요. 누구의 피가 되었건 상관없어요. 나를 살려주는 피만이 내 피이지 그밖에 어떤 인연도 관계도 그건 이미 내 피가 아니란 말이에요.

한기 윤 여사께서 지금 무슨 뜻으로 그런 말씀을 하시는지 나는 짐작이 갑니다. 그러나….

병희 단서가 붙을 때는 이미 거절과 부인을 당한다는 뜻이죠.

한기 그러나 지난날의 배영도가 잘못이 있었다면 지금은 용서해야 할 시간이라고 보는데요.

병희 김 선생은 관대하시군요.

한기 윤 여사의 이론을 따르자면 상식적인 인도주의자라고 해 두죠. (하며 쓰게 웃는다)

병희 그렇지만 제가 17년 전에 그이에게서 받은 상처는 지금도 이렇게 흉악한 환상처럼 남아 있어요. 차라리 그이가 어떤 여자에게 미쳐서 넋을 잃어 내 곁을 떠나겠다면 차라리 아름다운 추억담이라고도 하겠지요.

한기 그러나 배영도는 미술공부를 하기 위해서 예술을 배우기 위해 처자를 버려야 했던 거예요. 17년 동안 이국땅에서 피어린 고독과 참회 속에서 울었노라고 넋두리를 하던데요. 그렇지만 예술을 위해서….

병희 (갑작스레 광적인 웃음을 털어 놓는다. 그 웃음소리가 어찌나 크고 날카롭고 그러면서도 돌발적이었던지 김한기는 벼락을 맞은 듯 멍하니 바라본다) 예술을 위해서라고요?

한기 그렇지요. 물론 지금에 와선 그 뜻을 이루지 못하고 초라한 모습으로 돌아왔으니 결과적으로는 패배자가 되었지만 그 동기는 어디까지나.

병희 (강력하게) 거짓말이에요. 거짓말이에요!

한기 아니 거짓말이라뇨?

병희 (증오에 찬 어조로) 예술을 위해서 바다를 건너갔노라고 그이 입으로 그렇게 말했나요?

한기 (얼버무리며) 그 그렇죠. 결국은 가난한 환경 속에서 고생을 하다 보니까 미국이라는 자유의 나라를 동경하게 되었고, 또….

병희 (히스테리컬하게) 헛허….

한기 윤 여사!

병희 그이가 미국으로 떠나간 건 사람을 찾아서이지 예술도 자유도 아니었어요.

한기 (뜻밖이라는 듯) 사람?

병희 (금시 맥이 풀리며) 그래요. 어떤 사랑의 마술사가 내뱉는 주문에 현혹되었다고도 할 수 있겠죠.

한기 아니 그럼 배영도 씨에게 다른 애인이 있었단 말입니까?

병희 애인?

한기 윤 여사 이외에 사랑하는 사람이 있었단 말씀인가요? 이건 정말 일급비밀이군요? 헛허….

병희 (고뇌를 이기려고 애쓰며) 그래요. 사랑하는 사람이 있었지요. 그것도 한국 사람이 아닌 (터질 듯) 미국 사람이….

한기 (과장을 해서) 그렇게 되었군요. 헛허. 그런데 왜 윤 여사는 지금까지 그런 얘기를 안 하셨습니까? 그 정도의 비밀이란 남성에게는 흔히 있을 수 있는….

병희 흔히 있을 수 있는 일인가요?

한기 그렇죠. 아내 이외의 다른 여자를 사랑한다는 것쯤을 이해 못하시다니 이제 보니 윤 여사도 대단한 순진파이시군요. 헛허.

병희 순진했을까요? 그 사실이 너무 불결했기 때문에 저는 기나긴 세월을 저 혼자서 이 가슴 속에다가 묻어버리고 살았어요. 아무도 모르게 나 혼자만이 깨물고, 또 깨물면 어느 때고 그것은 조각이 나고 또 가루가 되어 양잿물에 녹아나는 실오라기처럼 사라지리라고 그날이 오기만을 기다렸어요. 그런데 지금은 김 선생님이 채 녹아나지 못한 그 흉악한 형체를 파내려고 저를 괴롭히고 계시는군요.

한기 (그녀의 태도가 정상상태에서 벗어난 것 같은 기분에서 은근히 겁이 나서) 윤 여사 지금 무슨 말씀을 하고 계시죠?

병희 (그 순간 자기 자신의 의식으로 돌아온 듯 길게 숨을 뱉고) 저는 그 이를 만날 수 없습니다. 그렇게 전해 주세요. 그리고 그이는 나를 한 여자가 아니라 한 마리의 암컷으로 변질시키고 말았어요. 그렇다고 이제 와서 그 책임을 묻자는 게 아니니까요. (하며 돌아선다)

한기 윤 여사! 잠깐만!

병희 저의 조각이 익어갈수록 그리고 저의 이름이 세상에 널리 알려질수록 저는 그를 저주하게 되었어요. 명성이라는 굴레 때문에 겪어나가야 했던 그 가식의 진실들! 그러한 상처는 그 누구한테도 털어 놓을 수 없는 거예요. 사회적인 명성 때문에 저는 그만큼 비인간적인 인간이 되었을지도 모르죠. 의사 앞에서도 여자는 자기의 몸을 벗어 보이기가 쑥스러울 때가 있는 법이지요. 그런데 어떻게, 어떻게 흉악하고 불결한 상처를 내보일 수가 있어요. 아마 김 선생님은 나를 허영심이 강한 여자라고 비웃으실 거예요. 그래요. 제 자신의 상처를 감추려는 건 허영이요 가식일지도 모르죠. 그렇지만 얼굴에 흉한 상처를 가진 여인이 그것을 남에게 보이지 않기 위해서는 극성스러우리만치 정성으로 화장을 하거나 은폐술을 부리는 마음을 이해해 보세요. 여자가 거울 앞에서 자신의 흉한 얼굴을 바라보는 비애를… 그 비애를 모르실 거예요.

어느덧 병희는 흐느껴 운다.

먹구름이 하늘을 뒤엎었는지 방 안은 어둠 속에서 웅덩이처럼 가라앉았다.

병희의 절실한 호소에 마음이 허물어진 김한기는 어떤 위로의 말과 행위를 생각해 내느라고 허공을 바라본다.

병희 김 선생님! (마음의 화평을 되찾으려고 애쓰며) 아까도 제가 말씀드렸지만 그이가 한 여성을 사랑했던들 저는 이렇게 참혹한 생각으로 세월을 보내지는 않았을 거예요.

한기 그럼 여자가 아니었습니까?

병희 그이가 따라간 사람은 미국 군인이었어요. (낮게) 캡틴 맥클레이!

한기 (너무나 뜻밖의 사실에 압도되어) 맥클레이 대위?

병희 (길게 숨을 뱉고) 그리고 그가 바로 그 사람을 내 곁에서 떠나가게 한 사랑의 마술사였죠. (체념한 사람처럼) 이제 모든 것을 아셨지요?

한기 음! (하며 모든 비밀을 눈치 차린 듯 고개를 끄덕인다)

병희 세상에서는 내가 냉정하고 교만하고 콧대가 센 여자라고 비난을 하고 있다는 것도 잘 알고 있어요. 하지만 나로서는 그럴 수밖에 없었어요. 남편을 빼앗긴 패배감도 컸거니와 자존심을 상실당하는 쓰라림은 더 컸어요. 그래서 저는 일체 바깥사람들과 상종도 안하고 오직 저 장미꽃으로 둘러싸인 이 집에서 나대로의 생활을 가졌던 거예요.

언젠가 잡지사 기자는 이곳이 바로 나의 왕국이요, 성이라고도 표현했지만 사실은 나의 예술과 사랑이 묻힌 묘지일지도 모르죠. 아니 그렇게 되고 말 거예요. 어느 때인가는….

병희는 천천히 창가로 옮겨간다.
어느덧 빗방울이 후두둑 떨어지기 시작하고 바람이 일자 얇은 레이스 커튼이 선녀의 옷자락처럼 춤을 춘다.

한기 윤 여사! 그런 비밀이 숨어 있을 줄은 몰랐군요.

병희 철저한 비밀이었지요. 우리 식구들도 모르는 혈육에게는 더구나 입 밖에 낼 수 없는 불결과 굴욕 때문에 저는 대리석처럼 차게 굳어질 수밖에 없어요. 그 반항의식이 바로 저 〈능욕〉이라는 작품을 낳게 한 거예요.

이 말에 한기가 비로소 광목이 덮인 조각으로 간다.

병희 김 선생님! 그런 예비지식을 가지고 보신다면 그 작품의 또 하나의 가치를 발견하시게 될 거예요. 커버를 제쳐보세요.

한기 괜찮습니까?

병희 (쓸쓸하게 웃으며) 김 선생님은 저를 이해해주실 단 한 분의 협력자이시니까.

한기가 조각을 덮은 커버를 제쳐 버리자 차가운 광택의 알루미늄 관이 어둠 속에서 돋보인다.

한기와 병희는 저마다 각각 다른 상념에 젖어서 조각을 바라본다.

병희 제가 남성을 방어하고 저주하고 그리고 적대시하는 마음을 이해해 주시겠어요? 김 선생님.

한기 이해가 갑니다.

병희 고맙습니다.

한기 그렇지만, 윤 여사! 눈앞에 막아선 현실은 현실대로 처리해 가야지 않을까요?

병희 저에게 있어서의 현실은 이 조각뿐이에요.

한기 아니죠. 17년 만에 돌아온 탕아가 있잖소?

이 말에 병희 표정이 다시 굳어진다.

한기 윤 여사! 배영도는 갱생시켜야 합니다. 그래서 그의 머리와 심장 속에 얼어붙어 있는 예술적인 천재를 햇볕으로 끌어내야 해요. (열을 올리며) 현재 그는 지쳐 있지만 누군가가 따뜻하게 어루만져주기만 한다면 그의 천재는 다시 피어납니다. 봄기운 속에서 새싹이 트고 꽃이 피듯 배영도의 예술은 황홀하게 피어날 겁니다. 윤 여사! 그러니 그를 용서해 주세요. 그가 새사람으로 태어나서 그림을 그리게 해주세요. 그의 그림은 구제할 필요와 자격이 충분히 있다고 봅니다. 윤 여사!

이때 얼마 전부터 현관 쪽 도어에서 두 사람의 얘기를 듣고 있던 이 여사가 방 안으로 들어선다.
비를 맞아서 머리며 옷이 흠뻑 젖었다. 손에 한약봉지를 싸들었다.
그러나 두 사람은 이 씨의 등장을 모르고 있다.

병희 (냉담하게) 못하겠어요. 배영도가 아무리 천재적인 재능을 지녔다 할지라도 그것과 내가 진 부채와는 바꿀 수 없어요.

한기 만약에 윤 여사가 배영도를 받아주지 않는다면 그는 갈 곳이 없게 됩니다.

병희 그 누군가가 또 나타나겠지요. 지난날 캡틴 맥클레이가 친절과 사랑의 손을 베풀듯이 (하고는 조소도 자학도 아닌 웃음을 털어 놓는다) 홋호….

한기 (정색을 하며) 윤 여사! 농담이 아닙니다.

병희 자존심이 농담이 될 수 없듯이 말이죠!

한기 배영도는 살려야 합니다. 그의 과거 사생활이 어떠했건 그의 재능은 살릴만한 가치가 있어요. 그러니 윤 여사께서 용서하세요.

병희 (단호하게) 싫어요, 싫어! (하며 응접실 쪽으로 뛰쳐나온다. 다음 순간 현관 쪽에서 서서히 걸어 나오는 이 씨와 시선이 마주친다) 어머나!

이씨 (가까이 오며) 영도가 어디 있어?

병희 ….

이씨 내 아들을 용서 못한다니 그게 무슨 뜻이지? (한기에게 대들며) 영도가 서울에 왔습니까? 네? 어디 있습니까? 말씀해 주세요.

한기 (당황하며) 예, 저 며칠 전에 미국서 돌아왔습니다. 지금 시내 호텔에서….

이씨 (손에 든 약봉지를 떨어뜨리며) 어느 호텔이지요? 가르쳐 주세요!

병희 (강하게) 어머니!

이씨 (증오에 불타는 시선으로) 네가 용서 못해도 나는 용서하겠다. 내 아들은 내가 만나겠다. (한기에게) 여보세요. 어서 말씀해 주세요. 17년 동안 모두들 그 애가 죽었다고만 믿어왔겠지만 나는 그렇지 않았어요. 꼭 살아서 돌아오리라고 (울음이 터지려는 것을 깨물며) 어서 말씀해 보세요.

병희 어머니! 그이를 이 집으로 데려오시겠다는 거예요?

이씨 그게 잘못이냐? 상애에게 아버지를 찾아주는 게 잘못인가 말이다.

병희 (반항적으로) 상애에게 아버지는 필요 없어요.

이씨 (이성을 잃고) 그래 가정교사는 필요하단 말이지? 그것도 상애 아범과 너무도 닮은 학생을 불러들여서 흥, 내가 너의 속셈을 모르고 있는 줄 알지?

병희 아니 그게!

이때 상애가 뒤뜰 창밖에서 엿듣는다.

이씨 (막무가내로) 나는 눈도 없고 입도 없고 절구통인 줄 아니? 네가 처음부터 그 학생을 가정교사로 두겠다는 까닭을 나는 알고 있었단 말이야. 내 아들을 미워했다면 내 아들을 닮은 그 학생을 집안으로 끌어들일 리가 없잖니. 수많은 가정교사 희망자 가운데서 왜 하필이면 오영택을 채용했지? 아니 그것보다 상애하고 가까이 해서는 안 된다고 말리는 네 속셈이 뭐였는지 나는 안다. 네가 상애의 공부를 걱정하는 것처럼 밖으로는 내세웠지만 실상은 네가 그 학생에게 음흉한 생각을 품고 있었다는 것쯤은 내가 알아.

병희 (분노에 떨며) 어머니 그건 너무 해요. 제가 언제 그런….

이씨 나도 지금은 얘기를 할 시간이 되었으니까 한다. 세상 사람들은 너를 유명한 예술가라고 떠받들더라만 나는 하나도 기쁠 것도 없었다. 왜 그런지 아니? 네가 가면을 쓰고 겉치레만으로 세상을 속여 왔기 때문이야.

한기 할머니 진정하십시오. 그건 잘못 보신 겁니다. 윤 여사는 우리나라의….

이씨 일등 가는 미술가란 말이죠? 흥. 그렇게들 생각하겠지요. 저렇게 장미나무로 성을 쌓고 그 안에 도사리고 앉아있으니 바깥사람들이야 그 안의 생활을 알 까닭이 없겠지요. 하지만 나는, 나만은 안단 말이야, 알아.

병희 어머니! 제가 어쨌다는 거예요? 어머니의 아들 때문에 인생을 망쳐버린 저에게 그런 악담을 하셔야만 속이 시원하겠어요. 17년 동안 시어머니 아닌 친어머니처럼 섬기고 아버지도 없는 딸을 키워 오면서 나대로의 예술을 지켜온 제 생활이 어쨌다는 거예요?

이씨 네가 내 아들을 용서 않겠다면 나도 너를 용서 못하겠다는 것뿐이다.

병희 제가 어떻게 그런 추악한 사람을 용서해요.

이씨 추악하다고? 그럼 너는… 너는 뭐냐? 네 생활은 얼마나 깨끗했던가 말이다.

병희 어머니! (분노에 떤다)

이씨 네가 수캐를 기르고 목욕을 시키는 이유를 나는 안다. 하늘은 뭐라도 나는 알아!

이 말에 병희는 감전된 사람처럼 우두커니 서 있다. 밖에서 이 말을 듣고 있던 상애가 어떤 불길한 것에 대한 공포에 젖었다가 무슨 큰 결심이라도 했는지 급히 사라진다. 한기는 그 말의 뜻이 긴가 민가 하는 안타까움에서 두 사람을 번갈아 본다.

한기 할머니! 개 목욕을 시키는 게 나쁠 건 없지요. 댁의 개는 그만큼 값지고 귀한 종자라서….

이씨 흥, 그 얘기는 차마 입에 담을 수가 없어요. 그것보다 내 아들이 있는 곳을 가르쳐 주세요. 내가 찾아가겠어요. 어서요!

한기 (생각 끝에) 운성호텔 307호실입니다. 관철동에 있는….

이씨 운성호텔이라고 했지요? 알겠어요.

하며 안으로 들어가려는데 전화가 울린다. 세 사람은 저마다 제 자리에 서 있다. 병희는 거의 실신상태에서 움직이려고 하지 않는다.

전화벨이 또 울리자 김한기가 전화를 받는다.

한기 여보세요! 그렇습니다. (사이) 네? 경찰서요? 네 계십니다. (사이) 잠깐만 기다리세요. (윤병희에게) 윤 여사 전화 받아보시지. 급한 일 같은데.

이씨 경찰서라고요?

한기 네.

병희가 비틀거리며 전화 있는 쪽으로 와서 수화기를 든다. 남은 두 사람은 주목을 한다.

병희 전화 바꾸었습니다. 제가 윤병희인데요. 네. (사이) 네? (긴장한 표정) 배영도 씨가요? 언제요? 오늘 낮에? 네, 네.

이씨 무슨 일이야?

두 사람이 바싹 다가선다.

한기 사고라도 났습니까?

이 말에 대답 대신 수화기를 한기에게 주고 병희는 소파에 쓰러지듯 주저앉는다. 슬픔보다는 어떤 허탈상태에 빠져있는 듯 멀거니 앉았다.

한기 (전화를 받으며) 그래. 병원으로 옮겼습니까? (사이) 적십자병원으로? 네, 네, 알겠습니다. 곧 가죠! (한기가 수화기를 내려놓는다)

이씨 우리 애가 무슨….

한기 (난처해서) 약을 먹었다나 봅니다.

이씨 네? 약을?

한기 호텔 보이가 뒤늦게 발견했는데 병원으로 운반해서 응급치료는 하긴 한 모양인데 위독하다고.

이씨 그런데 어떻게 여길 알았을까요?

한기 아마 유서라도 써놨겠지요. 윤 여사! 빨리 가보셔야 하지 않겠소?

그러나 병희는 돌처럼 움직이려고 하지 않는다.
이때 이 씨가 발작적으로 병희의 가슴팍을 휘어잡고 뒤흔든다.

이씨 네가 내 아들을 죽였다. 내 아들을 살려놔! 살려놔!

한기 (떼어 말리며) 할머니. 진정하세요! 이러실 게 아니라 어서!

이씨 영도가 죽었다면 나는 살아있을 필요도 없어요. (주저앉으며) 영도야, 영도야!

하며 통곡한다. 비는 더 세차게 쏟아지고 천둥이 울린다. 이때 무대 밖에서 연거푸 엽총 소리가 두 발 터진다. 그리고 비명 같은 개의 울부짖음이 들려온다. 방 안의 세 사람은 큰 충격을 받고 숨을 멎는다.

이씨 저게 무슨 소립니까?
한기 총소리 아니에요? 엽총소리 같은데?
병희 엽총?

다음 순간, 병희가 자리에서 벌떡 일어난다.
이때 부엌에서 일순이가 황급히 아줌마를 부르며 뛰어 들어온다.

병희 웬일이냐?
일순 (숨이 차서) 저, 상애 언니가.
이씨 상애가 어떻게 되었니?
일순 그게 아니라 상애 언니가 총으로 죤과 챠아리를 쏘았어요!
병희 뭣이? 죤과 챠아리를.
한기 그게 누굽니까?
일순 개예요. 개.
한기 개?

일순 빨리 가보세요. 아직 숨은 남아 있을 거예요. 어서요!

이 말에 이 씨는 어떤 불길한 예감을 느끼자 부엌 쪽으로 상애를 부르며 뛰어간다. 한기도 일순도 따라 나간다.

혼자 남은 병희는 거의 정상적인 의식을 잃어버린 채 무대 한가운데 서 있다. 그리고는 뭔가를 중얼거린다.

이때 무대 뒤뜰에서 비에 흠뻑 젖은 상애가 방 안으로 들어선다. 눈에는 살기가 감도나 육체는 지쳐 있다. 그녀의 손에 엽총이 들려있다.

그녀를 발견한 병희가 왈칵 치밀어 오르는 울음을 내뱉으며 상애를 안으려고 한다.

병희 상애야! 상애야!

상애 (냉혹하게) 가까이 오지 말아요. (하며 엽총을 들이댄다. 겁에 질린 병희가 뒤로 물러선다)

병희 상애야, 무슨 짓이냐? 나야 나! 엄마란 말이다.

상애 엄마가 아니에요. 나는 아버지도, 엄마도 없어요. 나는 나예요.

병희 상애야! 엄마 얘기를 들어!

상애 차라리 주정뱅이 얘기를 듣겠어요. 위선자! 위선자!

병희 엄마한테 하는 말이냐?

상애 이미 피는 소용이 없게 되었어요. 저마다 자기가 필요한 것을 차지하기에 혈안이 된 거예요. 우리는 모두가 짐승이 된 거예요.

병희 상애야, 아니다. 나는 아니다.

상애 거짓말! 내 총에 맞아 죽은 죤이나 챠아리하고 우리 가족은 아무런 다른 점이 없어요. 우리는 모두가 짐승이에요. 아무리 얼굴에 분칠을 하고 옷을 차려 입었어도 내가 내 편을 찾고 내 편이 남의 편으로 들어가는 걸 시기하고 미워하는 이상은 모두가 신도 인간도 될 수 없단 말에요.

병희 상애야! 네 말이 옳다. 그러니 제발 그 총을 치워라.

상애 두려워하시는군요. (길게 한숨을 내뱉는다) 염려마세요. 제가 엄마에게 총을 겨눈 게 아니에요. 사실은 엄마가 오 선생님을 우리 집에 있게 했던 이유가 엄마 자신을 위해서였던가를 알고 싶었던 것뿐이니까요.

그녀는 서서히 뒤뜰로 나간다.

병희 어디 나가니?

상애 죤과 챠아리를 묻어줘야겠어요.

병희 안 된다. 가지 마! (하며 덥석 끌어안는다. 상애는 벗어나려고 버둥거린다)

상애 놔요!

병희 상애야! 그럴 필요 없어. 네가 묻지 않아도 돼.

상애 싫어요, 싫어!

상애, 어머니를 뿌리치고 뒤뜰로 뛰쳐나간다.

그 바람에 마룻바닥에 쓰러진 병희는 얼마동안 그대로의 자세를 유지하고 있다. 잠시 후 그녀는 서서히 고개를 든다. 울고 있는 것이다.

그녀는 쓰러진 자리에서 아틀리에에 서 있는 조각을 쳐다본다. 꿈꾸는 듯 하다가도 금시 원망스런 눈빛으로 변하자 그는 불쑥 자리에서 일어나더니 조각을 힘껏 밀어뜨린다.

조각은 요란스런 소리를 내면서 마룻바닥에 쓰러진다. 그 소리는 물체가 쓰러지는 소리라기보다 어떤 신음과도 같은 고통스런 소리로 변한다.

바닥에 뎅그러니 누워있는 조각을 내려다보고 있는 병희는 서서히 쪼그리고 앉아서 알루미늄 판을 어루만진다. 그것은 마치 정다운 사람의 가슴과 등을 어루만지는 동작과도 같다.

그녀는 흐느끼기 시작한다.

비바람이 일며 천둥소리가 오랫동안 무대에 여운을 남기며 지나간다.

– 조용히 막이 내린다.

한국 희곡 명작선 156

장미의 성

초판 1쇄 인쇄일 2023년 11월 20일
초판 1쇄 발행일 2023년 11월 29일

지 은 이 차범석
만 든 이 이정옥
만 든 곳 평민사
서울시 은평구 수색로 340 〈202호〉
전화 : 02) 375-8571 / 팩스 : 02) 375-8573
http://blog.naver.com/pyung1976
이메일 pyung1976@naver.com
등록번호 25100-2015-000102호
ISBN 978-89-7115-126-6 04800
978-89-7115-663-6 (set)
정 가 10,000원

이 책은 사단법인 한국극작가협회가 한국문화예술위원회의 2023년 제6회 극작엑스포
지원금을 받아 출간하였습니다.

한국 희곡 명작선

01 윤대성 | 나의 아버지의 죽음
02 홍창수 | 오늘 나는 개를 낳았다
03 김수미 | 인생 오후 그리고 꿈
04 홍원기 | 전설의 달밤
05 김민정 | 하나코
06 이미정 | 여행자들의 문학수업
07 최세아 | 어른아이
08 최송림 | 에케호모
09 진 주 | 무지개섬 이야기
10 배봉기 | 사랑이 온다
11 최준호 | 기록의 흔적
12 박정기 | 뮤지컬 황금잎사귀
13 선욱현 | 허난설헌
14 안희철 | 아비, 규환
15 김정숙 | 심청전을 짓다
16 김나영 | 밥
17 설유진 | 9월
18 김성진 | 가족사(死)진
19 유진월 | 파리의 그 여자, 나혜석
20 박장렬 | 집을 떠나며 "나는 아직 사랑을 모른다"
21 이우천 | 결혼기념일
22 최원종 | 마냥 씩씩한 로맨스
23 정범철 | 궁전의 여인들
24 국민성 | 조르바 빠들의 불편한 동거
25 이시원 | 녹차정원
26 백하룡 | 적산가옥
27 이해성 | 빨간시
28 양수근 | 오월의 석류
29 차근호 | 루시드 드림
30 노경식 | 두 영웅
31 노경식 | 세 친구
32 위기훈 | 밀실수업
33 윤대성 | 상처입은 청룡 백호 날다
34 김수미 | 애국자들의 수요모임
35 강제권 | 까페07
36 정상미 | 낙원상가
37 김정숙 | '숙영낭자전'을 읽다
38 김민정 | 아인슈타인의 별
39 정범철 | 불편한 너와의 사정거리
40 홍창수 | 메데아 네이처
41 최원종 | 청춘, 간다
42 박정기 | 완전한 사랑
43 국민성 | 롤로코스터
44 강 준 | 내 인생에 백태클
45 김성진 | 소년공작원
46 배진아 | 서울은 지금 맑음
47 이우천 | 청산리에서 광화문까지
48 차근호 | 조선제왕신위
49 임은정 | 김선생의 특약
50 오태영 | 그림자 재판
51 안희철 | 봉보부인
52 이대영 | 만만한 인생
53 박경희 | 트라이앵글
54 김영무 | 삼강주막에서
55 최기우 | 조선의 여자
56 윤한수 | 색소폰과 아코디언
57 이정운 | 덕만씨를 찾습니다

58 임창빈 | 왜 그래
59 최은옥 | 진통제와 저울
60 이강백 | 어둠상자
61 주수철 | 바람을 이기는 단 하나의 방법
62 김명주 | 달빛에 달은 없고
63 도완석 | 봄 여름 가을 그리고 겨울
64 유현규 | 칼치
65 최송림 | 도라산 아리랑
66 황은화 | 피아노
67 변영진 | 펜스 너머로 가을바람이 불기 시작해
68 양수근 | 표(表)
69 이지훈 | 나의 강변북로
70 장일홍 | 오케스트라의 꼬마 천사들
71 김수미 | 김유신(죽어서 왕이 된 이름)
72 김정숙 | 꽃가마
73 차근호 | 사랑의 기원
74 이미경 | 그게 아닌데
75 강제권 | 땀비엣, 보
75 정범철 | 시체들의 호흡법
77 김민정 | 짐승의 時間
78 윤정환 | 선물
79 강재림 | 마지막 디너쇼
80 김나영 | 소풍血전
81 최준호 | 핏빛, 그 찰나의 순간
82 신영선 | 욕망의 불가능한 대상
83 박주리 | 먼지 아기/꽃신, 그 길을 따라
84 강수성 | 동피랑
85 김도경 | 유튜버(U-Tuber)
86 한민규 | 무희, 무명이 되고자 했던 그녀
87 이희규 | 안개꽃/화(火), 화(花), 화(華)
88 안희철 | 데자뷰
89 김성진 | 이를 탐한 대가
90 홍창수 | 신라의 달밤
91 이정운 | 봄, 소풍
92 이지훈 | 머나 먼 벨몬트
93 황은화 | 내가 본 것
94 최송림 | 간사지
95 이대영 | 우리 집 식구들 나만 빼고 다 이상해
96 이우천 | 중첩
97 도완석 | 하늘 바람이어라
98 양수근 | 옆집여자
99 최기우 | 들꽃상여
100 위기훈 | 마음의 준비
101 노경식 | 봄꿈(春夢)
102 강추자 | 공녀 아실
103 김수미 | 타클라마칸
104 김태현 | 연선
105 김민정 | 목마, 숙녀 그리고 아포롱
106 이미경 | 맘모스 해동
107 강수성 | 짝
108 최송림 | 늦둥이
109 도완석 | 금계필담
110 김낙형 | 지상의 모든 밤들
111 최준호 | 인구론
112 정영욱 | 농담
113 이지훈 | 조카스타2016
114 안희철 | 만나지 못한 친구
115 김정숙 | 소녀
116 이상용 | 현해탄에 스러진 별
117 유현규 | 임신한 남자들
118 김성희 | 동행
119 강제권 | 없시요
120 최기우 | 정으래비
121 강재림 | 살암시난

122 장창호 | 보라색 소
123 정범철 | 밀정리스트
124 정재춘 | 미스 대디
125 윤정환 | 소
126 한민규 | 최후의 전사
127 김인경 | 염쟁이 유씨
128 양수근 | 나도 전설이다
129 차근호 | 암흑전설영웅전
130 정민찬 | 벚꽃피는 집
131 노경식 | 반민특위
132 박장렬 | 72시간
133 김태현 | 손은 행동한다
134 박정기 | 승평만세지곡
135 신영선 | 망각의 나라
136 이미경 | 마트료시카
137 윤한수 | 천년새
138 이정수 | 파운데이션
139 김영무 | 지하전철 안에서
140 이종락 | 시그널 블루
141 이상용 | 고모령에 벚꽃은 흩날리고
142 장일홍 | 이어도로 간 비바리
143 김병재 | 부장들
144 김나정 | 저마다의 천사
145 도완석 | 누파구려 갱위강국
146 박지선 | 달과 골짜기
147 최원석 | 빌미
148 박아롱 | 괴짜노인 하삼선
149 조원석 | 아버지가 사라졌다
150 최원종 | 두더지의 태양
151 마미성 | 벼랑 위의 가족
152 국민성 | 아지매 로맨스
153 송천영 | 산난기
154 김미정 | 시간을 묻다
155 한민규 | 사라져가는 잔상들
156 차범석 | 장미의 성
157 윤조병 | 모닥불 아침이슬
158 이근삼 | 어떤 노배우의 마지막 연기
159 박조열 | 오장군의 발톱
160 엄인희 | 생과부위자료청구소송